泣きたくなるような青空

吉田修一

JN049313

集英社文庫

目次

本書は、二〇一七年十月、木楽舎より刊行されました。
初出　『翼の王国』二〇一二年十月号〜二〇一六年十月号

泣きたくなるような青空

博多って、おっきいなー

博多《はかた》という街には、特別な思いがある。それは好きと嫌いがないまぜになったような感覚で、たとえば学生の頃の部活の思い出のような、試合には負けたんだけれども、その瞬間の甘酸っぱい感動がいつまでも心に残っているような感じに近い。

生まれ育ったのが長崎なので、子どもの頃、何度か家族と博多には行ったことがある。ただ、その時の記憶はあまりなくて、博多駅前の大通りにずらっと並んだ高層ビルに圧倒され、「おっきいなー」と呆然《ぼうぜん》としたことを覚えているくらいだ。

東京暮らしの今、たまに博多を訪れると、毎回その駅前の大通りを見て、「なーんだ、そんなに高いビルじゃなかったんだな」と思いはするが、それでも当時の感覚は蘇《よみがえ》る。

実は大学三年生の夏休みを僕は博多で過ごした。長崎からわざわざ東京の大学へ進学し、なぜ博多で夏休みを過ごしたのか自分でも不思議なのだが、当時、博多には高校時代の友人たちが進学や就職などでたくさん暮らしており、おそらくその誰かと会うために帰省がてら寄ったのが始まりだと思う。

友人らと二、三日遊んだら、飛行機で東京に戻る予定だった。それがなぜか一ヶ月もそこで過ごしてしまったのだ。

当初、東京へ戻ったら、夏休みのバイトを探すつもりだったのだが、偶然にも博多にいた友人の一人が、当時配膳（ホテルなどのレストランで給仕をする）を手配する会社に勤めていた。景気のいい時代でもあったし、聞けば時給も良く、今ならすぐにいい職場を紹介できるという。東京でやろうが博多でやろうがバイトはバイト。幸い、その間に寝泊まりする場所も確保してくれるという。

今と違って、東京で待っている人や猫がいるわけでもなく、まだ上京三年目の夏、アパートを一ヶ月空けたところで、腐るような食材も冷蔵庫に入っていない。ものは試しと、友人の言葉に甘えて、おそらくその次の日には面接を受け、翌日にはある高級ホテルの最上階レストランに立っていた。

未《いま》だに覚えているが、この時の制服が恥ずかしかった。いや、今ならホテルのレストランにも慣れたので、さほど驚きもしないのだろうが、当時の僕の目には、「こういうの、シブがき隊が着てたよなー」としか映らなかった。紫に近いグレーの上下で、胸元は中世の王子様が着るような金色のボタンとトリムで飾られている。おまけに何のために載せるのか見当もつかない小さな帽子もあった。

ただ、いつまでも恥ずかしがっているわけにもいかない。というよりも、見渡せば大勢のシブがき隊がせっせと働いている。

もちろん素人なので、最初は、席を立った客たちのテーブルからひたすら皿やグラスを下げていくという仕事だった。簡単そうだが、とにかく広いレストランで次から次に客は帰る。その上、高級ホテルだから一人分のグラスの数だけでも半端じゃない。実家だったら間違いなく、「水と麦茶くらい同じコップで飲みなさい！　洗い物増える！」と母が叱っていたはずだ。

とにかく高級ホテルのレストランの仕事が初めてならまだいいが、高級ホテルのレストラン自体が初めてなのだから、何から何まで要領を得ない。先輩スタッフは親切に教えてくれるが、近所の定食屋だって何度か通ってやっとその流れが分かるのだから、やはり一日二日で高級ホテルのそれが分かるはずもない。

それでも懸命に皿やグラスを下げ続けているうちに、面倒見の良い先輩も見つけ、同年代の友達もできた。長崎出身だと何度も言ったのだが、なぜかみんなから「東京」というあだ名で呼ばれていた。東京の大学生だからという単純な理由なのだが、仕事後みんなで行った居酒屋などで、バリバリの長崎弁で喋《しゃべ》りながら「東京」と呼ばれている自分になんとも居心地の悪い思いをしていた。

この辺で白状してしまうと、実はこの博多滞在には裏があった。バイトするなら東京でも博多でもいいではないかと思ったのは本当だが、ならば普通はちゃんと自分の部屋のある東京の方がいいに決まっている。なのに、僕は博多を選んだ。まぁ、簡単に言ってしまえば、数日遊んですぐに飛び立つはずだった博多で、ある人と出会ってしまったのだ。

ちなみに恥ずかしながら、「バイト紹介して!」→「ある人と出会う」ではなく、「ある人と出会う」→「バイト紹介して!」の順番だった。

今、思うと、なんともロマンティックというか、浅はかというか、無駄に元気だったというか、要するに目も当てられない。

毎日夜遅くまで働いて、その人にちょっとだけ会いに行く。その時間のために一日がある。ただ、慣れぬ仕事で疲れているので、せっかく会えてもすぐに眠くなる。そのために博多に残ったはずが、手段でしかなかった仕事の方に振り回されて時間が取れないという、なんとも間抜けな本末転倒ぶりで、あっという間に夏休みは過ぎていく。

その人も学生だったので、将来の話なんかを冗談まじりによくしていた。たしか旅行会社に就職したいと言っていたはずだ。逆に僕の場合は夏休みの予定さえ変更するくらいだから、もちろん将来の展望などない。仕方なく面と向かうと冗談ばかり言っていたように思う。それでも寮の狭いベッドに疲れた体を横たえると、もう大学なんか辞めちゃって、ここで正式に働こうかなーとか、縁もゆかりもない街ではあるが、ここでその人と共に一生を過ごすのが自分の運命なのかもなー、などと、なんとも不確かな未来を想像しては一人でニヤニヤしていたような気がする。

結論から言うと、夏休みが終わる頃、僕は東京に戻った。あいにく強く引き止められもしなかったので、（認めたくはないが）フラれたのだと思う。

その後、一度だけその人と東京で会った。もうお互いに大学も卒業し、それぞれの道を歩いている頃だった。思い出話はたくさんあった。食事中もずっと笑っていた。ただ、もう思い出話しかなかった。

最近、博多を訪れたのは二年前の夏になる。ある雑誌の取材で、賑《にぎ》わう夜の屋台街で写真撮影をした。二十年前の博多が「九州の博多」だったとすれば、今は「アジアの博多」になったのではないかと思う。とても暑い夜で、賑わう人たちの汗と、屋台から漂う香りが混じり合い、アジア特有のじっとりとした夜が心地よかった。

いろんな国から人が訪れ、ますます博多は魅力的になっている。この街でひと夏を過ごし、二十年前の僕のように甘酸っぱい思いを抱えて帰る若者もいるだろう。ただその帰る場所が、東京だけでなく、今では、ソウルや上海《シャンハイ》、台北《タイペイ》、バンコク、もしかしたらニューデリー辺りまで広がっているのかもしれないと思うと、なんだか頼もしくなってくる。

博多って、やっぱりおっきいなー、と。

清潔であること

少し季節外れになるが、今年の夏、初めて上高地を経験した。上高地に行ったでも、訪れたでもなく、やはりここは上高地を経験したという言い方が一番しっくりとくる。

もちろん上高地という場所の存在は知っていた。上高地にある帝国ホテルはリピーターも多く、シーズンが始まるとすぐに予約で埋まるとか、テレビの旅番組などで見かける梓川《あずさがわ》の様子は画面を通して涼やかな風を送ってもくれる。

八月の上旬、東京は連日三十度を超える真夏日が続いていた。いくらエアコンをつけていても、長時間使用する仕事用のパソコンは触れると熱いくらいに熱がこもり、処理能力も悪くなるのか、叩《たた》いたキーボードの文字がすぐには出てくれず、次第に苛々《いらいら》もつのってくる。そんな東京から逃げるように上高地へ向かった。

　到着したのは午後二時過ぎで、ホテルでチェックインを済ますと、すぐに梓川沿いを歩き河童橋《かっぱばし》を目指した。日差しの強い日で、濃い青空の下、夏の山々ときらきらした清流が美しい。美しさというのは肌でも感じることができるらしく、半袖から出た腕を上高地の風が撫《な》でていく。

　河童橋の周辺には、世界中から集まった観光客がおり、わりと賑やかではあったが、それでも人が消えた時の静けさを想像できるほど辺りの景色は雄大で寡黙、ときおり山小屋に食料を運ぶヘリコプターが飛んでいく以外、圧倒的に自然が人工物に勝利していた。

　河原へ下りて、透明な清流に触れてみる。「この世で一番好きなものは？」と訊《き》かれて、迷わず「水です」と答えるくらい水というものが好きなので、こういった場所で水に触れていると、ついつい時間を忘れてしまう。たまに、なぜ水が好きなのだろうか？　と自分で考えてみることがあるのだが、なかなかうまく言葉にできない。清流の水に触れるのが好きなだけでなく、もちろん飲むのも好きだし、風呂やシャワーも好きなら、プールに飛び込むのも大好き、もっといえば、ほとんどの人が嫌がる雨さえ、心地よく感じてしまう。もしかすると、濡《ぬ》れているという状態が好きなのかもしれないと思うこともあるのだが、そう言い切ってしまうとまた何か違うような気もしてくる。

ちなみに上高地には、大正池、明神池などを梓川に沿って巡るウォーキングコースがあり、初心者向けの一時間コースから上高地の全貌を見られる五時間コースまで、体力、気分に合わせて選ぶことができる。

僕が選んだのは河童橋から明神池を巡る三時間のコースで、特に険しい山道もなく、のんびりと森の空気を吸い、ときどき現れる渓流に下りて水を飲み、すれ違う人たちに「こんにちは」と挨拶しながら気分の良いハイキングができた。

そういえば、僕は森を歩くように街を歩く人に惹《ひ》かれる。少し説明が難しいのだが、たとえば僕などはどうしても街中《まちなか》にいると、先を急いでしまう。一般的な人よりかなり歩く速度は遅いし、寄り道も多い方だと思うのだが、それでも駅を降りれば、目的地である店や場所に向かってまっすぐ歩いていく。

ただ、世の中にはそうじゃない人がいる。もちろん時間の制約がない場合に限るが、別段何があるわけでもない街並を眺め、気になれば立ち止まり、近道よりも自分の興味を優先して道を選ぶような人だ。

急いでいる時に一緒だと迷惑だが、こういう人と街を歩くと、それだけでとても贅沢《ぜいたく》な気持ちになる。きっと彼らは歩くよりも感じることを優先する人で、森を上手に歩くことができる人なのだと思う。

上高地で泊まったホテルが禁煙だったので、夜、何度か外へ出て煙草《タバコ》を吸った。ホテルの正面玄関、車寄せのちょっと先に喫煙場所はあるのだが、あいにく月夜でもなかったので、ホテルの窓からこぼれる明かりがやっと届く程度、森の方へ目を向ければ、数メートル先は真っ暗闇という状態だった。

煙草を吸う方には共感してもらえると思うが、空気がいい場所で吸う煙草ほど美味《うま》いものはない。ホテルのレストランで飲んだワインに少し酔ったまま、のんびりと真っ暗闇に白い煙を吐く。煙草の灰がジリッと燃える音まで聞こえるほどの静寂で、ときどき樹々《きぎ》の葉が森の夜風に揺れる。日が落ちて、更に気温は下がり、羽織ってきた長袖のフリースでも少し肌寒い。手の甲をさすってみると、さらさらしている。

まだ二十代の前半だった頃、アメリカのヨセミテ国立公園に行ったことがある。世界遺産にも登録されている場所で、巨大な岩山と深い緑の森と青空、そのコントラストは世界中の人々を魅了している。

当初、ドライブで通るだけの予定だったのだが、試しに申し込んだキャンセル待ちが取れ、公園内のコテージに一泊できた。未だにあのコテージのベッドに敷かれた洗い立てのシーツの感触と、夜やはり煙草を吸いに外へ出た時の感覚は忘れられない。

子どもの頃から夏の行楽地といえば、海を選ぶ方だったので、もしかすると山の夜というものをあの時に生まれて初めて経験したのかもしれない。とてもシンプルに一言で説明すれば、あの夜、僕は夜の森の中で、「清潔だ……」と感じた。もちろん言葉では理解していたが、清潔であるということを肌身で感じたのは初めてだったのだと思う。森の中を吹き抜けていくひんやりとした風、素足で踏む芝生、肩にかけてきた毛布、満天の星空、そしてさらさらしている自分の肌。

清潔っていうのは、こういうことなんだと思った。そして次の瞬間、その清潔さになぜかとつぜん泣けてきた。

今思えば、感傷的すぎるかもしれないが、本当にその瞬間涙が溢《あふ》れそうになった。夜の森に、「お前も清潔なものの仲間だ」と認められたようで、途端に「とんでもない！　とんでもない！」と、その場から逃げ出したくなる。しかしその心地よさから逃げることなどできなかった。

別に悪さばかりして生きてきたわけではない。でも、ずるかったり、何かを妬んだり、恨んだり、他人に期待したり、したことがなかったわけでもない。それなのに夜の森は、「仲間だ」と言ってくれる。「とんでもない！　とんでもない！」と逃げ出そうとする僕をぐっと抱きしめて離さない。

気がつけば、涙ぐんでいた。まだ二十歳《はたち》そこそこだったが、夜の森の恐さを知った。清潔さの前で、もう身動きできなくなっていた。

この世で一番好きなものは「水」だと前に書いた。もしも「この世で一番恐ろしいものは？」と訊かれたら、「清潔さ」と答えるかもしれない。ただ、この辺りが微妙なのだが、僕にとって「水」は「清潔さ」の象徴でもあるのだ。恐ろしいから好きになろうとするのか？　それとも好きだからこそ恐ろしくなるのか？

思い出のアドレス帳

自宅マンションの向かいに、古い邸宅があった。広々とした庭には芝生が敷かれ、名前は分からないが立派な木々が植わっていた。朝になると、こちらも名前は分からないが、どこからともなく小鳥がやってきて、チュンチュン、ピヨピヨ、と可愛《かわい》い鳴き声を上げていた。それが、昨年の暮れ、突如取り壊しが始まった。

朝から晩まで、ドンドン、ガンガン、容赦なく邸宅は壊されていく。まだ騒音は我慢できたが、さすがに立派な庭木が切り倒されていく様子は見るに忍びなかった。所詮向かいのお宅の木々であって、こちらがとやかく言う筋合いのものではないのは分かっているが、「せっかくここまで育ったのに、なんてもったいないことを……」と憤りも感じてしまう。

立派に見えていた邸宅も更地になってしまえば、さほど広くもない。風が吹き抜けるその場所からは、枝葉を揺らす木々も小鳥のさえずりももはや想像できない。

更地は四区画に分けられて、分譲住宅が建つ予定らしかった。早速、新聞の折り込みチラシに完成予想図の載った広告が入ってくる。オーソドックスなデザインの戸建てが四つ描かれていた。

時間が流れ、いつの間にか更地には家々の土台が作られており、通り沿いには「好評販売中」の幟《のぼり》がいくつも風にはためいていた。

ある日曜日、そこに若い家族の姿があった。ぐっすりと眠っている赤ん坊を抱いた父親は熱心に販売員の話を聞き、スーパーの袋を載せたベビーカーを押す母親は爪先立ちでキッチンらしき場所の土台を覗《のぞ》き込んでいる。天気の良い日曜日で、冬空に工事現場の音が、カンカン、コンコンと気持ちよく響いている。

そんな光景を横目に歩いていると、「ああ、なるほどなー」と思ってしまった。もう小鳥はやってこないが、代わりに元気な子どもたちの笑い声が聞こえるようになる。この場所でまた新しい何かが始まるのだなぁと。

と、考えてみれば、自分が住んでいるマンションにしたって、元は別の景色があったわけで、もしかするとそこには小鳥が集まる木々があったのかもしれず、今回の自分のように、「あーあ、なんてもったいないことを……」と眺めていた近所の人がいたのかもしれないという至極当たり前なことに気づかされる。ありふれた言い方だが、街というのはやっぱり生きているんだなぁと。

このようなことをつい書いてしまうのには二つ理由があって、まず今が三月という節目の時期であるということ、そして自作の宣伝のようで申し訳ないが、『横道世之介《よこみちよのすけ》』という拙著が映画化され、それを試写で見た印象が未だに頭から離れないせいだ。

この『横道世之介』、簡単に説明させてもらうと、大学進学のために上京してきた十八歳の青年の一年間の物語で、誰もが体験する新生活でのとまどいと成長を描いている。映画の方の話でいえば、高良健吾《こうらけんご》くん演じる主人公の横道世之介が、大きなバッグを背負って一九八七年の新宿駅東口に現われるシーンからスタートする。

このバッグの中には、高校の卒業アルバムがあり、着古した学校ジャージがあり、使い慣れた置き時計が入っているという設定なのだが、ちなみにこの置き時計は土台が大理石ですこぶる重い。よって、重いバッグに足をとられて、右にふらふら、左にふらふら歩きながら、横道世之介という青年の東京生活が始まるのである。

このシーンを見ながら、自身が上京した時、さて何を持ってきたのだったかと考えていた。世之介とは逆に、いわゆる思い出の品というものを一切持ってこなかったような記憶がある。心機一転、新しい自分になってやる！　というほどの気概があったわけでもないが、重い荷物は実家に置いて、からっぽで新生活を始めたいという気持ちがどこかにあった。

未だに覚えているのは、当時はもちろん携帯電話などなかったので、アドレス帳というものを買った時のことだ。ビニールカバーの安い代物だったが、まだ何も記入されていないページをパラパラと捲《めく》りながら、「なるほど、これからここが埋まっていくんだなぁ。いや、ほんとにこんなに埋まっていくのかな？」という、それまでに味わったことのない高揚と寂しさを同時に感じた。

実はこの当時のアドレス帳が未だに手元にある。もう二十五年も前のものだが、安かったわりに頑丈だったようで、繰り返された引っ越しでも遭難せず、未だに机の引き出しに入っている。

今、懐かしくて引っ張り出してみたが、アドレス帳なのにあいうえお順にはなっておらず、ある意味知り合った順番でいろんな人の名前や住所や電話番号が書き込まれている。最初のページは地元の友達、それも同じように東京へ出てきた友達の名前が並ぶ。もちろんどの顔もすぐに思い出せるが、思い出せるのは十八歳の彼らの顔であって、今すれ違ってもお互いに気がつけるかどうかは分からない。ちなみにそのあとに、大学で知り合った友達が続く。おそらく知り合ったらとりあえず連絡先を交換していたらしく、もうほとんどの顔を思い出せない。他にも自動車教習所の番号がある。バイトしていたレンタルビデオ店、スイミングクラブ、喫茶店、運送会社の番号がある。最初の数ページは同じ黒いペンで、わりと丁寧に書いてあるが、途中から赤いペンだったり、紫色のペンだったり、蛍光の黄色で書かれたものなど、もうすっかり見えなくなっている。書き方も次第に乱雑になり、二マス使っていたり、アドレス帳なのにテストの日時が書き込まれてあったり、誰かの名前を書き損じてぐしゃぐしゃに消してあったりもする。

我ながら自分の粗雑さに呆《あき》れるが、それでもこのアドレス帳には、知らない街で不器用ながらも様々な新しいものに触れていった自分が残っているようで、ちょっとだけ誇らしくもある。

この『横道世之介』という映画を見た同年代の人たちは、「自分の若い頃を思い出した」という。覚えていたことを思い出したのではなく、すっかり忘れていたことをなぜかふと思い出すのだと。また若い人たちは、「世之介のような自然体で、自分もこれからの日々を楽しもうと思った」と言ってくれる。どちらにしろ、主人公の横道世之介を演じてくれた高良健吾くんの魅力があってのことだ。見終わった時にきっと誰もが彼のことを好きになっていると思う。映画の役ではもちろん、現実の世界でも人に嫌われるのは簡単だが、人に好きになってもらうことほど難しいことはない。高良くんは見事にその大役を果たしてくれている。

二十五年前の春に、この横道世之介という青年が新しい世界に飛び込んだように、毎年春になれば、同じように新しい世界に飛び込む人たちがいる。もちろん進学だけではなく、就職、転勤と理由は様々だが、とにかく多くの人たちが移動するのが春だ。きっとこの機内にもバッグにいろんなものを詰め込んだ人たちが乗っているはずだ。

変化というのは時に悲しい思いもするが、たとえ工事の音が多少うるさくとも、小鳥のさえずる木々がなくなろうとも、更地には新しい家が建ち、子どもたちの笑い声が聞こえてこないとも限らない。

「おじゃまします」

「いらっしゃい」

改めて日本語には良い言葉があるなぁ、と思う。

長崎うまかもん

先日、高峰秀子《ひでこ》さんの随筆を読んでいたら、谷崎潤一郎との思い出話が出てきた。なんでも京都の料亭で食事を共にした折、運ばれてきた吸い物がこぼれてしまったのだが、なんと文豪谷崎はその膳の上にこぼれた汁に慌てて口を寄せ、スススーッと啜《すす》った挙げ句、「ああ、もったいない」と給仕係を叱りつけたらしい。文豪の食への執念と自身のそれとを比べても詮無きことだが、一応物書きの端くれとして、この無様なほどの執念がとても羨ましい。

考えてみると、普段食べることにさほど執着がない。もちろんどうせ食べるならば美味いものを、とは思うが、たとえば旅先などでも、「えっと、朝は〇〇の〇〇食べて、昼は〇〇、で、おやつに〇〇、夜は〇〇。あ〜もう、食べたい物がありすぎて三泊じゃ足りない」というような健啖家《けんたんか》ではない。もちろんその地の名物は食べてみたいが、食べられなかったからといって、帰りの飛行機で後悔するほどでもない。

ただ、これが故郷長崎へ里帰りした時だけは事情が異なる。当然、初めて訪れるわけでも、次にいつ来られるだろうかと思うほど遠いわけでもないのだが、なぜか長崎へ戻った時ばかりは、膳にこぼれた吸い物を口で啜る勢いで、あれもこれもと食べずにはいられなくなる。

ちなみに食べるものはほぼ決まっている。午前中の便で行けば、まずはその足で中華街に寄って京華園《きょうかえん》のちゃんぽん、満腹の腹をさすりながら銅座へ移動して桃太呂《ももたろ》のぶたまんを買い込み、実家へ戻る。ぶたまんは多めに買ったつもりでも、一つ食べ出すと、あっという間になくなってしまう。夜は友人らと居酒屋へ行くことが多いのだが、長崎の白身魚の刺身はとにかく美味い。全国各地にある某有名チェーンの居酒屋でさえ、長崎店だとこの刺身が驚くほど美味いので、ぜひ試して頂きたい。居酒屋の美味い魚ととろりとした焼酎を堪能《たんのう》したら、次に向かうのが一口餃子《ギョーザ》の雲龍亭《うんりゅうてい》となる。ぱりっとした皮の食感の餃子と、キモニラ、キモテキ、どんなに満腹でもここの餃子なら入る。

今年一月の末に帰省した際も、同行した編集者の方たちとこの雲龍亭に寄った。

餃子を食べながらの会話中に「小説」とか「作家」とかいう言葉が混じっていたせいか、店の方が僕に気づき、サインをしてくれと言って下さる。「サインも何も、子どもの頃からしょっちゅう来てますよ」と応えたのだが、「この前は角田《かくた》光代さんが来てくれて、そのちょっと前には井上荒野《あれの》さんも来てくれた」と色紙を見せる。本人的には、作家枠ではなく、地元枠だと思っていたので、嬉《うれ》しくはあるが、寂しくもある。

そう言えば、この一月末の帰省は映画『横道世之介』のパブリシティだったので、監督の沖田修一さんもご一緒だった。

到着した日の昼食を長崎のテレビ局の方にご馳走《ちそう》になった。局のすぐ近くにある料亭坂本屋の東坡煮《とうばに》（角煮）定食というもので、甘めのタレでつけ込まれた角煮の「とろとろ、ほろり」と美味いこと美味いこと。

この昼食中、「お昼を食べながらなんですが、今夜の食事はどうしましょう?」とテレビ局の方が言ってくれる。なんでも三軒の候補があり、その中から選べるという。

①出島ワーフ（長崎港の埠頭《ふとう》）にある絶品中華。オシャレな感じ。
②市内の居酒屋。新鮮で美味い魚ならここ!

③変化球で塩ホルモンの七輪亭《しちりんてい》。

自分で選びたいのは山々だが、「ここはゲストの沖田監督に」と選択権を譲ると、「えっと、じゃあ、①で」と即答する。

譲ったのだから仕方がないが、実は①、すでに行ったことがある。もちろんとても美味《おい》しかったのだが、どうせなら別の店の方が……、などという動揺を隠して、こちらは角煮を頬張る。しかし根が意地汚いのか、知らず知らずのうちにその思いが顔に出てしまっていたらしく、「やっぱり変えます。③です、③！」と、まるでクイズに解答するかのように沖田監督が言い替える。

必死に我慢していたのだが、その解答に思わず「よしっ」と呟《つぶや》いてしまった。

こんな二人でテレビに出演させてもらったのだから、ちゃんと映画の宣伝になったかどうかは分からないが、個人的にはとても楽しい帰省となった。

この帰省中、友人の墓参りに行った。長崎という街は、坂の街と言われるだけあって山々が港を囲むように連なっている。この山の斜面に家々がぎっしりと建ち並び、夜になるとそれは美しい夜景の一部となる。当然、家々の間には細い坂道や坂段が延びており、それらほとんどの坂道を「ふーふー」言いながら登りつめたところが墓地になっている場合が多い。

子どもの頃の遊び場が墓地だったと言うと、顔をしかめる方も多いかと思われるが、実際に僕自身はよく近所の墓場で遊んでいた。長崎の墓は一つ一つが塀に囲まれた区画になっていて基地ごっこには打ってつけで、眼下には美しい長崎港が見下ろせた。墓地が恐い場所というイメージはあまりなかったように思う。長崎ではお盆にこの一年に亡くなった人を送る「精霊流《しょうろう》し」があるのだが、これが他の地方の厳粛な感じとは違って、大量の爆竹は鳴らすわ、花火は打ち上げるわで、とにかく派手に最愛の人を送る習わしである。この日各所の墓地でもお参りに来た人たちが盛大に花火をする。もしかすると、墓地に対する感覚が少し違うのはそういったことも関係するのかもしれない。

ちなみに友人の墓は実家から歩いていける場所にあった。前日に寄った友人宅で、びっくりするくらいアバウトな手書きの地図をもらっており、「これじゃ辿《たど》り着けないだろうから、迷ったら連絡するように」と言われていたのだが、不思議なもので散歩がてらに墓地の中をぶらぶらしているうちに突き当たったのが友人の墓だった。

美しい花が生けられ、なぜかコーラとポテトチップが供えられていた。そういえば、食べるのがとにかく好きな友人だった。考えてみれば、前述した「朝はこれ、昼はあれ、あ〜もう、食べたい物がありすぎて三泊じゃ足りない」と言っていたのがこの友人である。帰省すると、いつも一緒に餃子やちゃんぽんを食べていた。いつ誘っても、「よかばい。行く行く」と二つ返事で飛んできてくれた。

墓石の前にしゃがみ手を合わせる。

「もう餃子食べた？」と聞かれたような気がして、「昨日食べた」と答える。

「長崎空港でかまぼこ買って帰らんね。美味しかけん」

「知っとるよ。ちゃんぽん麺入りのかまぼこやろ？　かまぼことかんころ餅は必ず買って帰るもん」

眼下には美しい長崎港がある。この辺でボーッと汽笛でも鳴ればドラマティックなのだろうが、そうタイミング良くは鳴ってくれない。

「さて、今日は皿うどんでも食べに行きますか」と立ち上がる。

この日長崎は一月末だというのに四月上旬並みの陽気で、僕は東京から着てきたダウンジャケットを脱いだ。

惜しい……。

この連載も気がつけば七年目を迎える。『あの空の下で』『空の冒険』と既に二冊の単行本にまとめてもらい、うち『あの空の下で』は二〇一一年五月に、そして『空の冒険』も二〇一三年五月、集英社から文庫になって出版される。ちなみに二冊とも韓国語と中国語に翻訳されており、ソウルや台北、上海などを訪れた時のエッセイを地元の人たちにも読んでもらえるのは、誠に作家冥利に尽きる。

と、なにやら宣伝だか自慢だか分からないような書き出しになってしまったが、実は先日、ＡＮＡ便で台湾に向かっていた際、機内でＣＡさんに声をかけられたのだ。

席を立ち、トイレに向かうと、あいにく満室。戻るのも面倒なので、その場でしばらく待ったがなかなか空かない。そのうち、ここまで待ったのだからもうちょっとと、わりと長いこと待っていた。

忙しく働いていたCAさんもさすがにその姿に見かねたのか、わざわざ仕事の手を休め、「お仕事ですか？」と声をかけてくれる。

「ええ、仕事のような、遊びのような……」とかなんとか応えているうちに、普段は自分の仕事のことなど一切話さないのだが、このCAさんの佇《たたず》まいというか、雰囲気がとても良かったものだから、この時に限ってつい「実はものを書いてたりしてて」と言ってしまった。

となれば、次は当然、「どんなものを？」という話になる。

「あの、実は『翼の王国』にも書かせてもらってて」

七年も連載しているが、こんなこと初めてCAさんに言った。

「え！　そうなんですか！」

「ええ、まぁ」

喜んでくれるので、ちょっと気分がいい。いや、かなり気分がいい。が、次の瞬間、「……あ！　おべんとうの連載ですか？」と更に喜ぶ。

「あ、いえ……」

もちろん「おべんとうの時間」という連載が大人気なのは知っているし、自身も好きで単行本も持っているのだが……。

「……えっと、おべんとうじゃなくて、そのちょっと前のページで……」

「ちょっと前のページ……？」

ＣＡさんが首を傾《かし》げる。心の中で、「よし、こい！　『空の冒険』！　次、こい！」と祈るが、ＣＡさんは首を傾げたまま動かない。

この辺りですでに物書きだなんてことを言ってしまったことを早くも後悔していたのだが、ここで話を切り上げるのも大人げないし、かといってタイミング良くトイレが空いてくれるわけでもない。

「あの、エッセイみたいなものを書いてまして……」

「エッセイみたいな……？」

もう強気なんだか弱気なんだか、自分でも分からない。もっと分かりやすいヒントもあるのだが、プライドだってある。だが、ＣＡさんは更に固まっている。

「あの、タイトルは『空の冒……』」

これで出てくるだろうと捨て身のヒントを出した。が、ＣＡさんは、「空の冒……？」と、ただそのヒントを繰り返すのみ。

「『空の冒険』です」

あっさりとプライド崩壊。「早くトイレ空いて」と祈るのみ。

しかしこのCAさんがたまたま通りかかった別のCAさんを呼び止める。

「このお客様、『翼の王国』にエッセイを書いて下さってるんですって！」

こちらの気持ちとは裏腹に、なんだかとても喜んでくれている。

「え！　そうなんですか！」

「ええ、まぁ」

もしここで「おべんとう？」と彼女からも訊かれたら、その場に膝をついていたと思うが、幸いそうはならず、「『翼の王国』は好評で、わざわざ持ち帰って下さるお客様も多くて」と話が弾む。こうなれば、機内誌に寄稿する作家とCAさんの間柄とはいえ、同じ何かを目指す仲間同士の連帯感も生まれ、「ですよね。『翼の王国』面白いですよね！　『二度目の◯◯』とか、……あと『おべんとう』とか」と（イヤミじゃなく）応じられる。

「海外に取材に行かれて、書かれてるんですか？」

「いえ、特集ページじゃなくて、エッセイを連載させてもらってて」

「連載？」

彼女が自分を呼び止めたCAさんに目を向ける。

「そうですって。……えっと、『心の冒険』！」

惜しい……。やっとトイレが空いたのは、彼女が自信たっぷりにそう答えた直後だった。

ちなみにタイトルは覚えてくれなかったが、この彼女がフライト中、泣いていた赤ん坊を何度もあやしに来ていたのを僕は知っている。

機内誌といえば、僕は巻末についている地図が好きでよく眺めているのだが、読者の方々の中にも機内誌の地図が好きという方はおられるのだろうか。

あれはどこへ向かっていた時だったか、同行した担当の編集者さんが通路を挟んで斜め後ろに座っていて、「吉田さん、ずっと地図見てましたよね」と驚かれたことがある。

実際にずっと見ていたわけでもないのだが、他にやることがないと、一度目を通したものであっても再び機内誌を抜き取り、地図のページを広げて眺めていることが多い。

ちなみに機内誌に限らず、地図というものが好きなのだと思う。と書くと、古地図などを集める高尚な趣味でもありそうに思われるかもしれないが、逆に高価な地図というものには興味がなく、旅行のガイドブックについている地図でもいいし、市販されている道路マップでもいいし、もっといえば地下鉄やバスの路線図なんかでも、わりと楽しく見ていられる。

もちろん子どもの頃から大好きで、進級すると配られる教科書の中でも真っ先に開くのが地図帳だったし、一番落書きしたのも地図帳だったように思う。ここ最近はやめてしまったが、若い頃は海外に行くと必ず現地の地図を買っていた。日本で買うのと何が違うかと言うと、当然だが英語圏なら英語、中国なら中国語、タイならタイ語と、その国の言語で地名が書かれている。もちろん読めはしないのだが、なぜか買い集めていた記憶がある。

地図を眺めるのが好きなのだが、その理由が自分でも分からないと、以前知人に話した時、「何かを俯瞰《ふかん》して見るのが好きなんじゃないの?」と言われたことがある。意識はしていなかったが、なんとなく腑《ふ》に落ちるところもあった。

と考えてみると、「リアルな地図」を眺めることができる飛行機の機内誌に、こうやって連載を持たせてもらっていることがなんだかとても不思議に思えてくる。

静かに近づき、静かに去ってゆく

その祭りはとても静かに近づいてくる。

富山市八尾町《やつおまち》の「おわら風の盆」を一度でも見たことがある方なら、この一文に共感してもらえるのではないだろうか。

昨年の夏、とても不思議な一日を過ごした。向かったのは富山県南砺市利賀村《なんとしとがむら》。岐阜県に接する山村で、標高千メートルを超える山々に囲まれており、利賀川、百瀬川《ももせがわ》の美しい渓流が見られるが、冬には三、四メートルの積雪があるため、戦後はいわゆる過疎化が著しく、現在の人口は七、八百人ほどとなっている。

ただ、この利賀村が年に一度、夏の数日間だけ世界の中心となる。というのも、鈴木忠志《ただし》氏率いる劇団「ＳＣＯＴ」が一九七六年に東京からここ利賀村に拠点を移し、合掌造りの民家を改造した劇場を「利賀山房」と名づけて活動しており、その後様々な変遷を経て、現在では利賀芸術公園内の「新利賀山房」（日本最大規模の合掌造り）や、湖面に浮かんだような壮大な「野外劇場」を中心に、毎年世界各国からの観客を集めて、夏の数日間、そこに別世界を作り出しているのだ。

昨年の夏、友人に誘われてこの利賀村を訪ねた。

空港を出た車が夏山に誘われるように利賀村へと向かう。以前、冬の南砺を訪れたことがあるが、山々を、合掌造りの家々を、山村の全てを覆っていた雪はすでになく、日を浴びた夏山はその生命力をこれでもかと見せつけてくる。そして目的地である利賀芸術公園はその生命力の中にとつぜん現われる。

到着したのは正午を過ぎた頃だったが、すでに多くの人たちが集まっていた。外国人の姿も多いし、おそらく全国からこの日のためにやってきた人たちなのだろうが、なんというか、家族的というか、とにかく和気藹々《わきあいあい》としており、都会の劇場で芝居やライブを待つ集団の冷たさがまったくといっていいほどない。

この日、まず「新利賀山房」で上演されたのは『リア王』だった。日を浴びた広場から案内されて入った合掌造りの劇場は薄暗く、日没を待たずに山の夜を味わうような感じで、入場しただけで心がざわざわとしてくる。観劇中に時を忘れるということはよくあるが、その後始まった『リア王』には、時はもちろん、場所も自分も忘れてしまうほど没頭してしまった。南砺の夏山からは生命力を感じるとさきほど書いたが、奥深い山村の舞台に現れる生々しい人間たちは、人間もまた自然であるという至極当然なことに改めて気づかせてくれる。

午後の『リア王』のあと、少し時間を空けて夜は野外劇場で『世界の果てからこんにちは』の上演となる。まさに演劇を通して山の一日を楽しめるのだが、日没後に上演されたこの野外劇場での演目がまた素晴らしかった。ぜひ観《み》に行ってもらいたいので詳細は割愛させてもらうが、漆黒の森の中で古代ギリシャに原型を求めた野外劇場がライトアップされている様子を思い描いていただきたい。湖面に浮かんだ舞台、階段状の客席、舞台の背景は南砺の美しい山々、そして絶大な夜空。

この演目では盛大に花火も上がり、舞台はもちろん、山村の劇場に詰めかけた世界各国からの観客たちの顔をその光で浮かび上がらせる。舞台はもちろんだが、観客たちのその顔が見たくて、上演中、何度も横を見たり、振り返ったりしていた。夜空を見上げる人の顔というのは、なんとも無邪気で幸せそうに見える。

ちなみに終演後、舞台上で主宰者鈴木忠志氏の挨拶があり、その後鏡開きがあって、なんと観客が舞台で酒を飲めるという素晴らしい計らいがあった。さっきまで俳優たちがいた世界に立てるというのはとても新鮮で、そこにあったはずの境界が解け合い、霧散していくような感覚は、これもまた都会の劇場では決して味わうことができない。

これだけでもかなり贅沢な夏の一日なのだが、このあとに向かったのが冒頭に書いた富山市八尾町の「おわら風の盆」だった。

すでにとっぷりと日は暮れ、車のヘッドライトだけが照らす山道を、行きとは逆に今度はぐんぐん下りていく。

町が近づいてくると、祭りのための交通規制のため車が止められ、そこからのんびりと歩いて町の中へ入っていく。八尾町は坂の町らしく、緩やかな傾斜地に建つ風情ある家並みが、祭りの日ということもあってか、ライトアップされ、夏の夜の風がとても似合う。

夏祭りというと、威勢の良い男たちが汗だくで神輿《みこし》を担ぎ、町全体に力が漲《みなぎ》っているようなイメージだが、「おわら風の盆」はひと味もふた味も違う。大袈裟《おおげさ》にいえば、夏の夜、少し涼もうとふらりと出た散歩の最中、ふと遠くから静かな唄ばやしが聞こえてくる感じに近い。その静かな唄ばやしに誘われて、情緒豊かな路地を巡れば、薄い牡丹色《ぼたんいろ》の地色に黒帯をしめ、編《あ》み笠《がさ》をかぶった踊り手たちが、少し物悲しい越中おわら節の音色と共に近づいてくる。その様子はまさに夏の夜の風のようで、思わず見とれてその行列を見送れば、自分が渓流にでも立っていたような心地になる。

話によれば、この踊り手たちは基本的には二十五歳以下の未婚の男女ということだった。男女が一緒に踊るものもあるそうだが、「男踊り」「女踊り」と分かれていることが多く、それぞれに趣がある。この趣が何かに似ていると思っていたのだが、たとえば夏祭りのあと、遊び足りずに、または遊び疲れて、神社の境内に残っている若い人たちが醸し出す倦怠《けんたい》と喜びに近いのかもしれない。

この時は、南砺市の田中幹夫市長にご案内頂いたこともあって、町の中心地にある造り酒屋の二階の特等席から、この静かな祭りを見学することができた。

八尾町は「日本の道百選」にも選ばれている美しい石畳の町で、提灯《ちょうちん》の明かりに照らされたこの石畳の道を静かに流れていく踊り手たちの様子は、いくら眺めていても飽きなかった。

二階の特等席から見学中、田中市長を見かけた南砺市民の方が、「あ、市長がいる！」とこちらに手を振られた時、「あれ、○○さん、来てたの？　上がっておいでよ」と気軽に誘われる市長を見ていて、八尾町はもちろん、ＳＣＯＴのある南砺市でも、こういう豊かな人付き合いができているからこそ、豊かな祭りや豊かな芸術を継承し、また受け入れ、育ててくることができたのだろうと思う。

この祭りは観光客が集まるメインの時間帯が過ぎても、朝方まで町のあちらこちらでふと湧き上がるように踊りが始まるという。実際、この夜、かなり遅くまで町中《まちなか》にいたのだが、気がつくと遠くから唄ばやしが微《かす》かに聞こえ、すでに寝静まりそうな町の路地で、ゆっくりと近づいてくる踊り手たちとすれ違う。踊り手たちは静かな唄に合わせて、とてもゆっくりと通り過ぎていく。そして彼らが通り過ぎてしまったあとには街灯に照らされた美しい石畳が残る。

本当に今、自分は踊り手たちを見たのだろうかと疑いたくなるほど、それは儚《はかな》い。そして踊り手が二十五歳以下の未婚の男女だったことを思うと、もしかすると青春というものは誤解されているのではないか、と気づく。青春というものはギラギラしているのではなく、実はこの「おわら風の盆」のように、静かに近づき、そして静かに去ってゆくものなのかもしれない。

お盆・花火・長崎

故郷長崎の一年三百六十五日のうち、一番好きな日はいつかと訊かれたら、迷わず「八月十五日です」と答える。

東京に暮らしていると（七月盆ということもあり）、毎年八月の十三、十四、十五日のお盆といえば、町中から人や車が減り、静かな三日間というイメージだが、長崎の町はこれとは逆にとにかく賑やかになる。

というのも、長崎ではお盆の墓参りに行くと、必ず花火をやる風習があるのだ。花火をやるので、当然お墓参りは昼間ではなく、日が落ちたあとになる。長崎以外の人が夜の墓参りと聞けば、なんだかおどろおどろしいイメージだろうが、この三日間、長崎の各墓地にはたくさんの提灯が立てられ、さながらお祭りの日の境内のような雰囲気になる。

とはいえ、墓参りと花火というのはうまく結びつかないと思う。ただ、逆に長崎の人間からすると、お盆の墓参りといえば花火なので、以前、他の土地では花火をやらないと知った時、「じゃあ、墓で何をやるんですか？」と思わず尋ねてしまい、「墓参りでしょ」と笑われた。

お盆のこの時期、長崎の町には（中華街を中心に）花火だけを専門に売る店がたくさんできる。子どもたちはお小遣い片手に店を訪ね、ロケット花火や噴射花火や打ち上げ花火を買い込んでくる。

長崎は港を囲むように山が聳《そび》えているような地形で、山の斜面に家々がぎっしりと建ち並んでいるのだが、よくよく見れば、そのあちこちに墓地もまた点在する。なので美しい長崎の夜景は、家々の窓からはもちろん、墓地からも一望できる。

日が落ちると、子どもたちは花火を抱え、大人たちはビールやつまみを持って墓参りに向かう。夜とはいえ、真夏のことなので決して過ごしやすくはないのだが、それでもたまに夜風が吹けば、肌に浮かんだ汗も引く。

墓地のあちらこちらからはすでに夜空に向かって盛大に花火が飛んでいる。ヒュンヒュンと音を立ててロケット花火が飛び交い、あちらで噴射花火が始まったかと思えば、こちらから連射式の打ち上げ花火が夜空を照らす。

どういう経緯でこのような風習が生まれたのか詳しいことは知らないのだが、墓石の前で手を合わせる祖母や母や伯母たちの横顔が、花火の赤や青い光で照らされている様子こそ、僕にとっての墓参りのイメージとなる。

三日間、長崎の墓地を賑わした墓参りが終わると、お盆最終日の十五日の夜に行われるのが精霊流しだ。

精霊流しと聞くと、たとえば物悲しいさだまさしさんの曲があったり、しんみりとした雰囲気の中で厳かに行われる様子を想像されると思うのだが、長崎では墓参りがそうであるように、この精霊流しもまた騒々しい。

簡単に説明させてもらうと、長崎の精霊流しはその年に亡くなった家族や友人の霊を「西方丸《せいほうまる》」と名づけられた精霊船に乗せて海へ流すのだが、まずこの船が普通のものでも全長七、八メートルになる。ちなみに船には数万円の小さいものから、数百万もする大きな船まで様々なタイプがある。昔はそれを法被《はっぴ》姿の男たちが担いでいたらしいが、最近は底に小さなタイヤをいくつもつけ、押していくのが主流となっている。

ほとんどの場合、この船は自宅前の道や空き地で造られる。なので八月の上旬、長崎の町を歩いていると、あちらこちらで造りかけの西方丸に出くわす。とにかく独特な形なのでうまく紹介できないのだが、花や提灯で飾られた船の正面に遺影がかけられているので、一目でどんな人がこの船に乗っているのかは分かる。

十五日の夕方になると、完成した船の周りに法被姿の担ぎ手たちが集まってくる。まずはビールで乾杯すると、早速、爆竹が鳴らされる。爆竹といっても、一つ二つを「パン、パパン」ではなく、百本か二百本入った箱ごと、担ぎ手たちがそれぞれ鳴らすので、当然耳栓は必要だし、隣に立っている人との会話もままならない。

喪主の合図で、ゆっくりと精霊船が動き出す。長崎は坂の町なので下り坂なら下り坂なりの、上り坂なら上り坂なりの苦労がある。

中心地へ向かう下り坂へ出てくれば、他の地域からもまた鉦《かね》や爆竹を盛大に鳴らしながら他の船が下りてくる。路面電車が走る中心地まで下りる頃には、その長い坂道の前後に精霊船が連なり、鉦や爆竹の音も重なって、長崎の町全体がゴーッと地響きでもしているような凄《すさ》まじさとなる。

ちなみにこの日、中心部の主要道路は全て通行止めとなり、路面電車も走らない。この大通りに、いろんな坂から下りてきた精霊船が列をなし、鉦や爆竹を鳴らし、花火を打ち上げ、かけ声をかけて、ゆっくりと港へ向かって進んでいく。

　そういえば、以前友人の家がこの精霊船を出した時、爆竹代だけで四十万円ほどかかったと言っていた。一つの船で四十万円分の爆竹代だとすれば、この日の長崎がどれほど騒々しいかイメージしてもらえるだろうか。

　実は、僕自身が長崎の精霊船で一番好きなのは、この賑やかな道中ではない。もちろん花火や爆竹を好きなだけやれば、気分がいいのは確かだが、このあと港の岸壁についた精霊船は、（昔は実際に海に流していたそうだが）最近では一艘《そう》ずつ順番を待ち、巨大なクレーンでつり上げられて、岸壁に停泊している貨物船にグシャリと捨てられてしまう。まぁ、虚《むな》しいといえば虚しいのだが、現実的には海を汚すわけにもいかないので仕方がない。

　個人的に好きなのはこのあとだ。精霊船を流し終えた担ぎ手たちは、このあと喪主の家や借り切った居酒屋での宴会に向かうのだが、高揚と虚しさが入り混じったような足取りで歩きながら、ぽつりぽつりと交わされるのは、やはりたった今その霊を海へ流したばかりの亡くなった家族や友人のことだ。

　今、この原稿を書いているのはまだ夏前なのだが、実は今年のお盆、久しぶりにこの精霊流しに参加する。

去年、中学校からの親友が亡くなり、その船を出すことになっているのだ。おそらく各地から友人たちも大勢集まり、楽しくて賑やかな夜になると思う。この亡くなった親友とは、中学の頃に一度、大学生の頃に一度、一緒に精霊流しを見に行ったことがある。参加したのではなく、沿道から見物していたのだが、あの時、二人でどんな話をしていたのだろうかと、今ふと思う。

「今年のお盆、帰ってこんと?」と、毎年のようにかかってきていた電話ももうないのかと思えば寂しいが、こうやって盛大な爆竹の中、また再会できるのだと思えば、心から長崎という町に生まれて良かったと思う。

ペルヘンティアン島の奴ら

まだ学生気分が抜けない二十代の頃、女友達とマレーシアに行った。もう何が原因かも覚えていないが、偶然同じ時期に感傷的になることがあり、「パーッと南の島にでも行こうよ」という流れからだった。

計画当初はハワイ、プーケット、バリ、ランカウイと、当時人気のあったリゾート地が行き先に挙がっていたのだが、パーッと気分転換したいわりにはパーッと使える金もなく、「ここは高い」「あそこも高い」と一つ一つ魅惑のリゾート地が消えていき、結果的に残ったのが、ペルヘンティアン島という、今日覚えても明日には忘れてしまいそうな名前のマレーシアの孤島だった。

もう二十年以上前の話なので、今はすっかり状況も変わっていると思うのだが、ちなみにこのペルヘンティアン島、ガイドブックの片隅に三行ほどで紹介されていた。

行くと決まれば、金はないが暇はあるので、話は早い。当時はインターネットでさくっとホテル検索というわけにもいかなかったが、それでも旅行代理店で航空チケットとホテルを予約してもらい、どんな所かよく分からないけれども、行けばなんとかなるさ、で旅立った。

クアラルンプールで乗り換えて、たしかクアラトレンガヌという町へ飛び、そこから港に移動して、渡し船で渡ったような気がする。

島に到着した時の第一印象としては、「なんでこんなに美しい島が、ガイドブックにたった三行なんだ！」だった。あいにく船着き場が破損していて、客はボートから荷物を抱えて海に飛び降りる（ちなみに腰くらいまで浸《つ》かってしまう）という荒っぽい到着だったが、それでも飛び降りる海が息を呑《の》むほど美しく、トランクやバッグがずぶ濡れになってもかまわないような気分になれた。

真っ白な砂浜。青い海に青い空。ビーチでは椰子《やし》の葉がゆったりと揺れている。「そう！　こういう場所に来たかったんです！」と、思わず声を上げたくなるほどの島で、ズボンや靴はずぶ濡れだったが、気分良くホテルに向かった。シーズンオフということもあり、美しいビーチには誰もいない。

しかし、今、考えてみれば、その道すがら、すでに奴《やつ》らの気配は感じていた。美しい景色に目を奪われていたのは確かだが、なんかこう、そこここの叢《くさむら》から誰かに見られているような、そんな視線は感じていたのだ。

予約していたのはコテージ形式のホテルだった。広い敷地には南国の樹々が生い茂り、目映《まばゆ》いばかりの日差しを浴びている。チェックインして、それぞれのコテージに向かう途中、「ぎゃっ」と友達が悲鳴を上げる。何かと思えば、足元を小さなヤモリが横切ったらしい。

「こういう島だもん、ヤモリくらいいっぱいいるって。夜なんか天井に絶対いるから」

脅すつもりはなかったが、心の準備は必要だろうとそう言った。というこちらも、田舎育ちなのでヤモリ程度ならなんともないが、あまり爬虫類《はちゅうるい》は得意ではない。

更に庭園内を先に進もうとした次の瞬間、二人の足がぱたりと止まる。止まったまま動かないし、声も出ない。コテージの手前に小さな岩が並んでいると思っていたのだが、なんとずらっと並んでいたのがイグアナだったのだ。

ヤモリで「ぎゃっ」なのだから、当然イグアナでは声も出ない。

る。

「と、とりあえずロビーに戻ろう」

冷静な判断だったと思う。普通イグアナを跨《また》いで、玄関を開けることはない。

しかし逃げるように戻ったロビーで、衝撃的な光景を目にしてしまう。さっき対応してくれた可憐《かれん》な女の子が、裏口にいたイグアナを、「ごめんねー、ちょっとどいてねー」とでも言うように優しく手で押《お》し退《の》けて出てきたのだ。イグアナもびっくりしてすぐに逃げ出したが、イグアナよりも僕らの方がびっくりしてい

コテージ前にイグアナ。てっきり非常事態だと思ってロビーに急いだのに、ここではそれが日常風景らしかった。

来てしまったものは仕方がない。お互いを励ますように、「がんばって慣れよう」と言い聞かせた。しかしどこへ行っても奴らはいる。コテージの窓からは木に登る奴らが見えるし、ビーチへ行けば、裏の茂みからとつぜん走り出てくる。人に危害は加えないのだが、なんでも客が食べ残したものを狙ってくるという。

真っ青な海と白い砂浜。海からの心地よい風が揺らす椰子の葉々。ここまでは完璧なのだが、そこにイグアナの気配というものが加わると、リゾート気分は途端に緊張感をはらんだものになる。

結局、イグアナと並んで仲良く日光浴できるまでには彼らと打ち解けられず、翌日には島を出て対岸の町へ戻った。

この町で僕らはある一人の女性と出会った。船着き場から町中へ向かうタクシーの運転手さんで、僕らより少し年上のとても明るい人だった。市内を観光するなら案内すると言われ、料金も手頃、「ならば、お願いします」ということになり、賑わう市場で美味い海鮮料理を食べ、海沿いの露店でココナッツジュースを飲み、たまたまその日に行われていた王室のパレードを見学しているうちに、イグアナの気配に丸一日脅《おび》えていた心が解放されていく。

彼女が招待してくれて、なんと彼女の家にまで遊びに行った。彼女には六歳の女の子と三歳の男の子がおり、広々とした庭で一緒に遊んだ。

この時にみんなで撮った写真が一枚、未だに残っている。楽しい一日を過ごし、別れる際には、「また来ますから」「そうよ、絶対来てよ」と言い合った。もちろんその時は本気だったが、旅先でのことだし、そう言いながらももう二度と会えることはないんだろうなと心のどこかで思ってもいた。そして実際、それ以後、彼女には会っていない。

もしもこれが二〇一三年の現在なら、ツイッターやフェイスブックのアカウントを教え合い、交流が続くのかもしれない。便利な世の中になったものだとつくづく思う。

しかし、そういったツールでたとえ繋《つな》がったとしても、どれくらいの関係がその後も確実に続くのだろうか。旅の思い出が薄れるにつれ、やはりそこには距離ができ、徐々に疎遠になっていく。もちろんそれでも繋がることには意味がある。いつでも連絡がとれるという安心もある。いや、絶対にこういうツールはあった方がいい。

ただ、ブツリと途切れる関係にもまた、それはそれで趣があるような気もする。偶然に起こった一瞬の出会いが、一瞬の出会いのままに終わる。「また会おう」と言いながら、「もう会えないんだろうな」とも思い、「じゃ、また!」と手を振る時の、あのなんとも言えない思いを、最近あまり感じていない。

もちろん現在の彼女がどんな生活を送っているのかは分からない。あの時、一緒に走り回った彼女の子どもたちも、今では当時の僕らと同じ年齢になっている。

手元にはたった一枚、みんなで写した写真がある。いつでも連絡がとれると思っていれば、もしかすると、こんなに大切にはしていなかったのではないかと思う。

台湾でのサイン会

台北市内から地下鉄で三十分ほど北上した場所に「淡水《たんすい》」という町がある。夕日の絶景ポイントである淡水河《たんすいが》に沿って、台湾名物の屋台や洒落《しゃれ》たカフェが並ぶ、台北市民憩いの場だ。

この十月、ここ淡水を再訪した。きっかけは台湾を舞台にした拙著『路（ルウ）』の台湾版刊行に合わせ、台北市内でサイン会を催してもらえることになり、その合間を縫って再訪することになったのだ。

ちなみにサイン会には本当に多くの方に来て頂いた。二日間で五百人の方が来て下さったのだから、まさに大成功だ。とにかく台湾が好きでこれまでに数十回も訪ねている身としては、故郷に錦を飾るではないが、胸が熱くなるほど感動的なサイン会だった。

実は、このサイン会の数週間前、台湾の週刊誌『台灣壹週刊《たいわんいっしゅうかん》』の取材を東京で受けたのだが、その際インタビューしてくれたのが李桐豪《りとうごう》さんという台湾の若い作家で、いろいろと話をしているうちに、『路（ルウ）』の主人公が学生時代に住んでいた淡水の学生アパートに、自分も以前暮らしていたことがあると言うのだ。

ちなみに小説に書いたその場所は、淡水の町を見下ろす山の中にあり、作中では若い日本人女性の視点でこのように描写している。

未舗装の農道があり、さらに進んでいくと、大きな葉を伸ばす大王椰子の原生林だった。道は大王椰子の葉が作る薄暗いトンネルの中へ延びている。葉の下は濃い日陰で、冷たい風が吹き抜ける。このトンネルを抜けたところに、エリックのアパートがぽつんと建っていた。山の斜面に建てられたコンクリート造りの古い建物で、濡れたような外壁には蔦《つた》がからまり、一見、廃墟《はいきょ》のようにも見えるのだが、どの窓にも若い男性物の派手なTシャツや下着が干してある。

ちなみにこのアパートの裏庭にはプールがある。プールと言っても大きな貯水池にしか見えないが、それでも在住の若い学生たちは夏になるとここで泳ぐと聞いていた。僕がこのモデルとなった場所を訪れたのは、今から十年以上も前、当時友達の友達が暮らしており、一度だけ訪ねたことがあるだけで、今ではその場所もはっきりしない。

そして、このアパートに前述の李桐豪さんが暮らしていたという。思わず、担当編集者とそんな奇遇があるものかと声を上げてしまった。主人公の名前がエリックという英語名を持つ「劉人豪《りゅうじんごう》」で、目の前にいるのは「李桐豪」さん。なんか名前も似ているので、まるで作品の中から彼が飛び出してきたような驚きだった。

早速、サイン会の折に台北で再会することを約束すると、李さんは僕らを淡水のそのアパートに連れて行ってくれると言ってくれた。

初日の盛大なサイン会が終わり、翌日は丸一日、台北の出版社に籠って新聞や雑誌の取材を受けた。翌日曜日の予定がフリーだったので、この日に僕らは淡水に向かうことになっていた。

しかし、この日があいにくの台風。暴風雨というわけでもないが、街路樹の揺れ方はやはり台風だった。それでも僕らは九人乗りのワゴンに乗り込み、李桐豪さんの案内で意気揚々と淡水へ向かった。

台北市内を抜けた車は一路高速を淡水へと向かう。台北は大都会だが、徐々に窓からの景色に緑が多くなり、一時間ほど走ると車は南国の濃い緑に包まれた山道へと入っていく。

車を降りた時、運良く雨が上がった。濡れた椰子の原生林、濡れた車道、濡れた壁、そしてとても濃い山の空気。

辺りを見渡した途端、「ここだ」と思った。十数年前、ある偶然で訪れ、もうそれがどの辺だったかも忘れてしまった場所。だが、その後、三年にわたって小説を連載する際、ずっと自分が暮らしているような感覚に襲われていた場所。

目の前に濃い緑に包まれた立派なプールの施設があった。李さんのアパートはこのすぐ近くにあるという。

「ここですか？」と李さんに問われ、僕はこう応えた。

「いえ、残念ながらこんなに立派なプールじゃないんです。でも、ここなんです。僕が十年以上前に訪れ、記憶の中に鮮明に残っている場所は、きっとこの辺りです」と。

それからしばらく山中に点々と建つ学生アパートを見て回ったが、僕が実際に行った場所は見つからなかった。しかしその濃い空気、濡れた壁、濃い緑、そして心地よい湿気は間違いなく、あの場所が近いことを教えてくれた。

普通、人は小説など書かないので、作中で書いた場所を再訪するこのような感覚をなかなか理解して頂けないかもしれないが、たとえば自分が昔暮らしていた町や通っていた学校を十数年ぶりに訪れた際、当時仲の良かった友達の家がふと見つかったような感覚だと思って頂ければいいのではないかと思う。

その瞬間、目の前に当時の感覚が広がるのではないだろうか。すっかり忘れていた記憶や思い出がまるで水がこぼれるように溢れ出てくるあの感覚。

今回の台北でのサイン会では、嬉しかったことが山ほどある。もちろん台湾でのサイン会は初めてなのだが、拙著はすでに十年前からほとんどの作品が翻訳出版されており、サイン会に来て下さった読者の方々の多くが、昔から拙著を読み続けて下さっている方だった。また、今回の『路（ルウ）』に関しては、日本人の作家が台湾人を描くわけで、たとえば日本に暮らしたこともないアメリカ人が日本人を主人公にした小説を書いた場合、必ずそこに違和感が出てくるのと同じように、きっと『路（ルウ）』にもそれがあるだろうと覚悟していたのだが、サイン会前の質疑応答や取材で逆にそのようなことを質問しても、（気を遣って下さったのだとは思うが）「そういう箇所は殆《ほとん》どなかった」と言って下さり、ほっと胸をなで下ろした。そして何よりも嬉しかったのは、小説で描いた台湾新幹線の関係者の方々（たとえば新竹《しんちく》という駅の駅長さんなど）がわざわざ足を運んで下さったことだ。

タイトルが示す通り『路（ルウ）』という小説は、日本と台湾の人と人が交わり、別れ、また交わるように生きていく話で、まさに今回のサイン会では多くの方々とこの『路（ルウ）』の途中で出会えたような嬉しさだった。

さて、最後になるが、この五泊六日のサイン会ツアー、実は良いことばかりではなかった。

まず、よほど楽しみにしていたのか、興奮しすぎたせいで出発前に風邪を引き、三十九度の熱が出て立ち上がれなくなり、急遽《きゅうきょ》予定を変更してもらって、二日遅れのスタートとなった。しかし病み上がりでサイン会、取材と無理をしたせいか、この淡水に行ったあとから、なんと今度は親知らずが痛み出し、夜中にホテルでのたうち回るという惨状にもなった。「バファリン、がんばれ。バファリン、がんばれ」と、飲んだばかりの鎮痛剤を心の中で応援したのは生まれて初めてだ。

その結果、台湾美食も今回はお預けとなった。しかし、そう、まさにしかしなのだが、思い返してみると、この台湾サイン会がやっぱり楽しかったとしか思えないのだ。逆に言えば、あれだけ病気などに苦しめられながらも、これだけ楽しかったのだから、もし万全の体調で行ってしまったら、もう歯止めが利かないほど楽しかったのではないかと、逆に空恐ろしくなってくる。

とにかく、台湾のみなさんありがとうございました。また遊びに行きます！

フリーハグしてみた

ハグ（Hug）という言葉を、しっくりとくる日本語に訳せないものだろうか。

ちなみに辞典で引いてみる。

【人や人形などを（通常愛情を持って）抱き締める】

いや、確かにその通りなのだが、抱き締めるではかなりウェットな感じがする。かといって、「抱く？」「抱き合う？」だと更に重くなる。実際にはもっとさらっとしたものだと思うので、もう少しドライで軽い方がいい。

うまい訳語が見つからないせいかもしれないが、僕自身を含め、どうも日本人はこのハグが苦手なような気がする。

きっと「ハグ＝抱き締める」という頭があるので、なんともべちゃっとしたものになったり、逆に照れて腰が引けてしまうのだと思う。

酔っぱらい同士を除けば、まだ日本ではあまり見かけない。だが、海外へ出かければ、言葉が通じない分、このハグがとても便利なコミュニケーションになることもある。

たとえば、韓国へ行くとする。空港には世話になっている向こうの出版社の方が迎えに来てくれている。そこで「うわー、お久しぶりです。お元気でしたか？ずっとお会いしたかったんですよ。今回はお世話になります。また今回も楽しい酒を飲みましょうね」という再会の喜びを伝えたいのだが、残念ながらこちらは韓国語が、向こうは日本語が話せない。かといって横にいる通訳の方に訳してもらうほどでもない。となった時、ガバッと「ハグ」して背中を叩き合えば、それなりの気持ちは伝わる。

もちろんここでじめっと抱き締めたり、照れて腰を引けば、なんともお寒い雰囲気になるので注意したい。

そこで、年頭の抱負としてはスケールが小さくて申し訳ないが、今年二〇一四年はこのハグをスマートにできるような人間になりたいと思っている。

というのも、ここ最近、寝る前にYouTubeを見るという癖がついてしまい、さっさと寝ればいいのに、映画の予告編や「まるです。」という猫の動画シリーズなどを飽きもせずに見てしまうのだが、そんな中、「フリーハグズ」なるものをまた見つけてしまったのだ。

ご存知ない方のために簡単に説明させていただくと、「フリーハグズ」というのは、街頭で見知らぬ人々とハグ（抱擁）をして、素晴らしい何か（愛・平和・温《ぬく》もり等）を生み出す活動、とWikipediaにある。二〇〇一年頃にアメリカ人が始めたものらしく、以後インターネットを通じて世界に広まったという。

実際には、「Free Hugs」と書いた紙を持って街角に立ち、道行く人たちとハグをするというだけのものなのだが、そこに明確な目的がない分、なんともこの突発的に生まれるハグが魅力的に見える。

実は二年ほど前に、このフリーハグズなるものを知人に教えてもらい、やはりYouTubeで見たことがあった。その際、人気があったのが、「日本人が〇〇でフリーハグをしてみた」というシリーズで、日本人の若者が韓国や中国の街角に立ち、道行く人とハグをするというものだったのだが、最近新たに「日本人が〇〇で再びフリーハグをしてみた」というタイトルで新作が出ていた。

このシリーズ、ＢＧＭが良いせいもあるのだが、ぼんやりと見ていると、最後には感動して涙がこぼれそうになる。

若者が「Free Hugs」と書いたプラカードに日韓、日中の国旗を描いて街頭に立つ。とうぜん最初は奇異の目で見られる。若者はただぽつんと立っている。しかしそのうち、ある人が様子を窺《うかが》うように近寄ってきてハグしてくれる。それを見たカップルが今度は順番にハグしてくれる。子どもに「あのお兄ちゃんにハグしてきてあげなさい」と言う母親がいる。ハグしてくれる人は次第に増えていく。もちろん中には邪険にする人もいる。それでもハグの数は増える。

昔、『ニュー・シネマ・パラダイス』というイタリア映画で、大人になった主人公がキスシーンだけを繋ぎ合わせた映像をスクリーンで見るという感動的なラストシーンがあったが、この動画を見ていると、まるであのシーンを見た時のような感動がある。

動画に映っているのは単なるハグで、それ以上でもそれ以下でもないはずなのだが、繰り返されるハグを見ているうちに、なんというか、まったく別のものを目にしているような気になってくるのだ。

この動画を見ながら、自分自身はこれまでにどんなハグをしてきただろうかと考えていた。

ハグ歴というと大袈裟だが、欧米のように日常化していないこともあって、ぽつりぽつりと思い出してくる。

あれは『パレード』という作品で山本周五郎賞という文学賞をもらった夜だった。もう十年以上も前になる。

都内のレストランで編集者の人たちと一緒に連絡を待っていた。受賞の一報が入り、同席してくれていた人たちの中、思わず立ち上がって担当編集者と抱き合う。記者会見があるというので、慌ただしく店を出て会見場所へ。会見を終えると、場所を変えてお祝いの会。いろんな方が集まってくれて、結局、家路についたのは朝の五時。

担当の編集者がタクシーで送ってくれた。一晩、賑やかに騒いだあとだった。アパートの前で降ろしてもらうと、なぜか一緒に担当編集者も降りてくる。

「改めて、おめでとうございます」

「ありがとうございます」

明け方の住宅街で抱き合った。交わした言葉はそれだけだったが、作家と編集者の関係というものを言葉ではなく、何か別のもので理解できた瞬間だった。

ここまで書いてきて、二〇一四年年頭に、スマートなハグができる人間になるという抱負を持つということが、俄然《がぜん》良いことのように思えてきた。

さっきまではスケールが小さくて申し訳ないと思っていたが、実際にハグが持つ力というのは予想以上なのかもしれない。もっと言えば、この小さなハグから生まれるものはスケールが小さいどころか、何か大きな希望のようなものの最初の一歩にも成り得る。

いや、でもこう大きく考えてしまうと、例のウェットで重いハグになる危険性があるので、ここはもう少し軽く考えておいた方がいい。

とりあえず、練習台として、うちの猫をハグしてみようと思う。おそらく全力で腕の中から逃げ出すだろうが、何かは伝わるはずだ。

ちなみに明日、担当の編集者に原稿を渡す約束があるので、いきなりハグしたらどうなるだろうか。「いつもお世話になっています」の意味だが、おそらく相手は警戒し、「締め切りは延ばせませんよ」と言うに違いない。

他にハグできそうな人はいないだろうか。日頃の感謝を伝えたい人……。

ハグしたい人を探し回る一年。

なんだか二〇一四年がとても良い一年になりそうな気がしてきた。

あいにく絵心なし

急に予定がなくなり、ぽかんと空いた休日、ふと思い立って都内のギャラリー巡りをした。

この前の週、六本木のギャラリー「WAKO WORKS OF ART」で、ドイツの有名写真家ヴォルフガング・ティルマンス氏の個展オープニングがあり、ご本人にお会いできたという興奮が残っていたせいかもしれない。

まず向かったのは、江東区隅田川のほとりにある清澄白河《きよすみしらかわ》という場所だ。この界隈《かいわい》には九〇年代半ばに「東京都現代美術館」が開館して以来、現代美術のギャラリーが多く集まるようになっている。

ちなみにこうやってギャラリーを回ったりするわりに、現代美術に造詣が深いわけではない。どちらかというと、「この床に転がった椅子の何がどう凄《すご》いんだろう？　うちなんて猫が倒すから、いつも似たような状況なんだが……」とか、「このガラス瓶が二百万円？　もし値段知らなかったら、家で割ってもさほど後悔しないんだが……」などと、首を傾げて見て回っている方が多い。

ただ、そんな無粋な人間にも、たまに作品の前で「おっ」と素直に足を止めてしまう瞬間がある。もちろんどこがどう良いのか、専門的に説明などできないのだが、「へー、なるほどなー」と、時間さえ許せば、いつまでもその作品を眺めていたくなるのだ。

考えてみれば、現代美術に興味を持ち始めたのは、まだ学生の頃だった。最初は写真が好きになった。どういうきっかけだったのかは覚えていないが、六本木や青山にあった、いわゆるオシャレな書店で、当然高価な写真集は買えるはずもないので、片っ端から立ち読み（立ち眺め）していた。今みたいに、書店にソファがあったり、カフェがあったりする時代ではなかったので、時にしゃがみこみ、時に膝の屈伸運動をしながら、延々と眺めていたように思う。

普通、若い人がこうなると、自分も写真を撮ってみたいと思うのだろうが、僕の場合は一切そういう欲求はなく、もっといえば、今でこそ携帯電話にカメラがついているので、たまに、本当に極たまに、街の風景などを撮ったりするが、当時は専門的なカメラはおろか、インスタントカメラの「写ルンです」でさえ、持ち歩くのが面倒だったし、もし撮ったとしても、構図、被写体への距離、採光、どれを取っても才能の欠片《かけら》もなかったと言い切れる。事実、昔の写真を見ると、カメラを構えることだけでなく、シャッターを押すのさえ面倒だったようで、とにかく手ぶれ写真が多い。

通いつめた書店にあった写真集を見尽くすと、次に手が伸びたのが画集だった。ちなみに写真と違って、絵には多少の心得がある。とは言っても、小学生の頃、家の近くに絵画教室ができ、今思えば、近所付き合いの一環で母から無理やり入れられただけの話だ。

期間としては一年ほどだったと思うが、週に一度、絵の具と画板を持って教室に行く。教室といっても、おじいちゃん先生が暮らしている家の一室で、旧式のマッサージチェアーが置かれた部屋の床で、子どもたち五、六人が自由にお絵描きをするだけなのだが、おじいちゃん先生が使っていた油絵の具の匂いは、どこか異世界の雰囲気があった。

おじいちゃん先生からは、月謝分くらいのお褒めの言葉はもらっただろうが、さほど才能があったとも思えない。唯一、地元のデパートで開催された「防災ポスター展」で入選し、作品がデパートの階段に飾られたことがある。両親を連れて見に行ったことをはっきりと覚えているくらいなので、よほど嬉しかったのだろうと思う。

この絵画教室経験のせいなのか、カメラを買うのは躊躇《ためら》うくせに、絵の具セットだとわりとさっと買ってしまう。普通は逆らしいが、デジカメ購入と絵の具セット購入だと、絵の具セットの方が敷居が低いのだ。

数年前にもふと思い立って油絵セットを買った。もちろん、油絵など描いたこともなければ、描き方のいろはも知らない。

ちょうどその頃、部屋の大掃除をして、積んだままだった段ボールの荷物を片付けたのだが、片付けたあとに（まるでギャラリーのような？）南向きの白壁が現われたのだ。となると、せっかくできた場所に、絵か何か飾りたくなる。

ジュリアン・オピーのポートレートシリーズや、ミヒャエル・ボレマンスの「マスク」なんて飾ったら、さぞかし気分良いだろうなー、でも、明るい色ならマーク・ロスコのような抽象画でもいいなー、などと勝手にイメージは膨らむのだが、いかんせん先立つものがない。

で、ここから先の思考回路を自分でも説明できないし、更に言えば、芸術の冒《ぼう》瀆《とく》だと自覚もしているのだが、「飾りたい絵が高くて買えないのなら、自分で描いてみようっと」と、新宿の「世界堂」へ出向き、いそいそと初心者用油絵セットを購入してしまったのだ。

新品の道具というのは、なんであれ心が浮き立つ。初心者用油絵セットを抱えて帰宅すると、さっそく制作にとりかかる。しかし、小学生の頃に一年間、絵画教室には通っていたが、間違いなく絵心はない。馬を描いても、犬に見える。とすれば、あとは色で勝負するしかない。

飾りたいのは明るい絵なのだから、使う絵の具を明るめにすればいい。まずは赤い絵の具でべた塗りし、「この辺にちょっとアクセントをつけまして」などと言いながら、黄色やオレンジも足してみる。

もちろん、誰が見ても下手な絵である。下手な「絵」と言うのも憚《はばか》られるほどの出来なのだが、一応キャンバスが色で埋まってしまうと、達成感はある。

この達成感に後押しされて、恐る恐る壁に飾ってみる。正面から見ても、右から見ても、左から見ても、ピンスポットを当ててみても、下手である。ただ、不思議なもので、そのまま二、三日、飾りっぱなしにしたあと、やはり格好悪いからと外してみると、なんとなくそこが寂しくなる。いや、絶対にない方がいいはずの絵なのだが、不肖の絵は絵の方で、この数日のうちにしっかりと居場所を見つけたように堂々としているのだ。

ということで、結局、誰か客が来たら外すつもりで、そのままにしておいた。

しかし、その数日後、ふいに訪ねてきた友人に見つかってしまう。

「何、これ？」と友人。

「むちゃくちゃ高かったんだよ」と思わず嘘《うそ》をつく。

「いくら？」

「いくらだと思う？」

「有名な人？」

「うん、わりと。でも、まだ日本じゃそうでもないかな」

こちらの演技が上手《うま》かったのか、友人は自身の美的感覚を試されているような真剣な顔になり、「十五万くらい？」。

思わずガッツポーズする。そしてすぐに種を明かし、二人で笑い転げる。昔、デパートの階段に飾ってもらった自分の絵の前に、両親の手を引っ張っていった時のことを思い出しながら。

朝の種類

朝という言葉の響きに魅《ひ》かれる。

普段、夕方から深夜にかけて仕事をしているので、どうしても朝が遅くなる。遅くなるどころか、正午過ぎにやっと起き出すこともある。朝昼晩という一日のサイクルの中で、朝だけがぽっかりと抜けている。

だからなのか、朝というものに憧れがある。規則正しく生活すればいいじゃないかと思われるかもしれないが、規則正しく小説が書けないのだから仕方ない。

ということで、たまにこの「朝」に出会うと、とても新鮮な気持ちになる。大袈裟にいえば、たとえそれが住み慣れた街の朝でも、まるで旅行先にいるような気持ちになるのだ。

ある時、深酒をして早朝の新宿歌舞伎町を歩いた。

かなり酔っていたはずだが、朝日を浴びた歓楽街というのは不思議な佇まいで、すぐに帰って寝ればいいものを、物珍しさからしばし歩き回った。

歓楽街というのは、夜のまま朝を迎える。まだ早朝だというのに、裏通りには弁当を売るワゴン車が出ており、仕事明けの若いホストたちが長い列を作っている。みんな飲み疲れた青白い顔をしているが、まだ若い彼らの食欲は旺盛で、大盛りごはんの弁当が飛ぶように売れていく。その横の雑居ビルからは「これからカラオケに行こう!」と盛り上がるグループが出てくる。

路上のゴミ置き場にはカラスの群れ。まだ電気を灯《とも》した飲み屋の看板に、眩《まぶ》しい朝日が当たる。

夜の歌舞伎町は少し物騒で緊張感もあり、誰にでも気軽に勧められる場所ではないが、朝の歌舞伎町というのはどこかぽかんと気が抜けている。街全体が大《おお》欠伸《あくび》をしているような感じで、どういう思考の流れからなのかは自分でも説明できないが、「なんか人間っていいなー」と素直に思える。

これまで旅先で迎えた朝で、印象的だったものはどこだろうかと考えてみる。まず浮かぶのは、豆漿《ドウジャン》(豆乳)の湯気が立つ屋台の並ぶ台北の朝だ。熱い豆鰈に香ばしい台湾風揚げパンを入れ、これから学校や会社に向かう人たちが、まだ眠そうな目で食べている。

すでに日差しは強く、活気に満ちた一日が始まる予感に満ちている。

街の朝の代表が台北なら、大自然の朝でまず浮かぶのは、アメリカのヨセミテ国立公園で迎えた朝だ。

公園内のロッジに宿泊したことがあるのだが、夜が明けると、ひんやりとした森の朝が始まる。ロッジの窓から差し込む朝日は、とても柔らかい。まだ自分の体温が残る毛布を羽織ってテラスに出れば、リスが木を駆け上り、鳥が賑やかに鳴いている。

このテラスで、前の晩にロッジの売店で買った牛乳を飲んだ。どこにでもあるパック入りの牛乳だったが、未だにはっきりとその銘柄を覚えているくらい格別な味がした。

ヨセミテ国立公園にはハーフドームと呼ばれる巨大な岩山があり、この岩山が朝日を浴びるとピンク色に染まる。

ロッジから車で数分の場所にあるビューポイントでこの景色も眺めた。目の前にはピンク色に染まったハーフドームをはじめ、壮大な景色が広がっているのだが、一切の音がない。

自分が踏む小石の音が、朝の静けさの中に響く。風もなく、ただ目の前に壮大な景色だけがある。動くものといえば、遠くを流れていく雲が落とす大きな影のみ。

歌舞伎町からヨセミテ国立公園まで、各地には各地の朝がある。旅行に出かけて、各地の名所旧跡を巡るのも楽しいが、それぞれの朝を巡るというのもまた、新鮮な旅の仕方ではないだろうか。

そういえば、恥ずかしながら徹夜というものを初めて経験したのは、大学生になってからだった。もちろん徹夜で受験勉強なんて一度も経験がない。

初めての徹夜体験をしたのは、一緒に上京してきた友人が暮らす所沢のアパートだった。

朝まで何をしていたのか覚えていないが、ふと気がつくと、窓の外が明るくなろうとしていた。

夜が明ける、と文章にすれば、なんてことのない一行なのだが、それまで一度もこの「夜が明ける」瞬間に立ち会ったことがなかった者としては、かなりの衝撃だった。大袈裟に言えば、赤と白なら見たことはあるが、生まれて初めてピンクという色を目にした衝撃だ。

寝ようとする友人を置いて、慌てて外へ出た記憶がある。薄《うっす》らと夜が明ける光景というのは、見た目には夕暮れと同じなのだが、絶対的に何かが違う。じゃあ、何が違うのかというと説明できない。

この友人は起きたまま朝を迎えた経験など何度もあるようで、一切興味を示さない。自分が受けた感動というか衝撃を伝えたいのだが、その言葉が見つからない。

おそらく当時の僕は、一日が繋がっているという感覚がなかったのだと思う。夜から朝になる時には、何か境界線のようなものがある。たとえば国境のような（実際には目に見えないのだが）、そんなものがあると思い込んでいたのかもしれない。もう少し付け加えると、「夜」というものを過大評価していたような気もする。

たとえば、子どもの頃、風邪を引き、体調が悪いまま眠りにつく。しかし朝になると、まるで嘘のように元気になっている。夜は風邪を治してくれる力がある一方、夜の闇というのは計り知れない恐ろしさも持ち合わせている。

幼稚な譬《たと》えで恐縮だが、人々が眠りについたあとの世界というものがあり、それはおもちゃが動き出すような、人智《じんち》では計り知れないものだと思っていたのかもしれない。十八にもなって、そんな感覚でいたことが情けないが、それくらい夜は未知の力を秘めたものに思えていた。

それが実際に夜明けを体験してみると、なんとも呆気《あっけ》ない。「ええ!? こんなものをこれまで頼ったり、恐れていたりしたのか」と。

朝が一日の始まりではなく、夜の終わりなのだと知ってから、急に月日の流れが速くなったような気がする。

そして年を重ねるごとにこの月日の流れは加速していく。そんな時、ふと「朝」に出会うと、つい立ち止まってしまう。切れ目もなくグルグルと続いていたコースに、とつぜんスタートラインを見たような、そんな感覚だ。おそらく朝という言葉の響きに魅かれる理由が、これなのかもしれない。

百年後の笑っていいとも

そういえば、吉田くんの周りの人たちって、誰かの悪口言ったり、愚痴こぼしたりしないよね、と行きつけの飲み屋のママに言われた。

友人知人の顔を思い浮かべてみたが、確かにそういう人が多い気がする。もちろん僕自身は人の悪口を言ったり、愚痴をこぼしたりする人間なのだが、そういう人たちにいつも囲まれているせいか、その手の話をするチャンスがない。

酒の席だったりすると、話題がその手の方向に流れることはある。ただ、その手の話になると、僕の友人知人たちはとても居心地悪そうになる（ような気がする）。

畢竟《ひっきょう》、話は先細りとなり、いつの間にか、話題は嫌いなものから好きなものの話になっている。

と書くと、なんとも心優しい人たちの集まりのようだが、逆に言えば、毒にも薬にもならないことを延々と話しているとも言える。

あまり世代論は好きではないが、僕らより一世代上の方々には先制攻撃が得意な人が多い。初対面で、まず相手が一番傷つくようなことを言う。言われた相手も腹が立つから言い返す。その後ああでもないこうでもないと会話は白熱し、おそらくこの状態を互いに腹を割った関係と呼ぶ。

もうずいぶん前になるが、ある尊敬する先輩作家と会った時、「お前の作品の良さが分からない」といきなり言われたことがある。たぶんその方は、次いでこちらが何か言い返し、そこから話を盛り上げようとしてくれたのだと思うのだが、なにせ慣れていないものだから、言い返すどころか、きょとんとしてしまった。

とつぜんだが、いわゆる体育会系の関係が苦手だ。いや、もちろん僕自身、高校の頃には水泳部に所属していて、未だに地元へ戻れば後輩が経営するバーに行くし、地元のサイン会なんかに先輩が来てくれたりすると、「うわっ」と思わず立ち上がって挨拶もする。

ただ、それはあくまでも学生時代の先輩後輩という関係の名残であって、僕が苦手なのは大人の体育会系だ。

言わせてもらえば、体育会系の先輩後輩の関係なんて期間が決まっているからどうにかこなせるもので、一年間我慢すれば後輩ができ、二年経《た》てば面倒な先輩も卒業するように、とても公平なシステムの上で成り立っているから可能なのではないだろうか。しかしこれを社会人になってまで持ち込まれると、そうそう先輩は卒業してくれないから困る。その上、たいてい「俺は体育会系のノリが好きだから」などと大人になっても言っているのは先輩役の人たちだから質《たち》が悪い。

もちろん体育会系のキリッとした関係の良さも知ってはいるが、期間限定でないのであれば、もう少しだらっとした関係の方が長続きするのではないだろうか。だらっとした関係で長続きといえば、今年『笑っていいとも！』という番組が終わった。

さほど熱心な視聴者ではなかったが、少し前に樋口毅宏《ひぐちたけひろ》さんが『タモリ論』という作品の中で、拙著『パレード』の一部を引用して下さったこともあり、番組終了が発表されてからはなんとなくその最後の瞬間を見ることを寂しく思う一人になっていた。

ちょうどその頃だったと思うが、ＳＭＡＰの稲垣吾郎さんがある映画の感想をテレビで話されていた。

その映画はアカデミー賞作品賞を受賞した『それでも夜は明ける』というもので、簡単にストーリーを紹介すると、十九世紀の中頃、奴隷制度が廃止される前のニューヨーク州で、自由証明書で認められた自由黒人のバイオリニストとして、愛する家族とともに幸せな生活を送っていた青年が、ある白人の裏切りによって拉致され、奴隷としてニューオーリンズに売られてしまうという物語で、南部の容赦ない差別と暴力に苦しみながらも尊厳を失わずに生きる主人公の姿が感動的に描かれている。

この作品を見て、稲垣さんは次のようなことを話されていた。

今は気づかないけれども、もしかしたら自分たちも百年後の人たちから見るととんでもないことをやっているのかもしれません、と。

面白かった。泣けた。勇気をもらった。映画の感想は数々あれど、これほど作品の芯を食ったものがあるだろうか。

おそらくこの映画を作った人たちがまさに観客に伝えたかったただろうことをずばりと言い当てたもので、僕自身はこの作品自体はもとより、稲垣さんのこの言葉に心から感動させられた。

なるほど、こういう映画をこんな言葉で語る人がいるのがＳＭＡＰというグループなんだなと、この時初めて気づいた。

そう気づいたあとに周りの友人知人の顔を思い浮かべてみると、ＳＭＡＰファンはわりと多く、中には毎年コンサートに通っている人もいる。

残念ながら僕自身はＳＭＡＰについては代表的な歌をいくつか知っているくらいで、さほど詳しくないのだが、改めて記憶を辿ってみると、テレビや雑誌で彼らが誰かを傷つけるような場面を僕自身はこれまで一度も見たことがない。

二十年以上も世間からの注目を集めながらのそれは奇跡だと思う反面、百年後に生きる人から今の自分たちがどう見えるかという視点を持てる人たちだからできるのだと納得もする。

そして、ちょうどそんなことを考えている時に『笑っていいとも！』が終わった。

三十二年間続いたということは、もちろん毎日ではないにしても、一視聴者として三十二年間見ていたことになる。

考えてみれば、この『笑っていいとも！』もまた、誰かを傷つけることがなかった。

誰も傷つけることがない番組が、この国では毎日正午からの一時間放送されていたことになる。テレビをつけ、チャンネルさえ合わせれば、誰からも傷つけられず、誰も傷つけようとしない一時間がこの国には毎日あったのだ。

実は学生の時に、この番組を見に行ったことがある。地元の友人が観覧募集に当選し、わざわざ上京してきた時に、他に誘う相手がいないからと声をかけてくれたのだ。今のところ、あとにも先にもテレビ番組の観覧をしたのはこれしかない。

ただ、この時の記憶がほとんどない。ちゃんと客席から見ているはずなのに、ずっとテレビを見ているようだったし、その時、誰が出ていて、何を話していたのか今となってはまったく記憶にない。

ただ、唯一なぜかはっきりと覚えているのは、座っていた座席のクッションが破れており、そこにガムテープが貼ってあったことで、テレビ番組というのは手作りなんだと気づかされたことだ。

ベルンで川を流れる

夏になると思い出す場所がある。

スイスの首都ベルンだ。スイスといえばチューリッヒやジュネーブの方が有名なので、首都と言われてもピンと来ないかもしれないが、ガイドブックによれば一一九一年にツェーリンゲン公ベルトルト五世によってつくられた町が始まりで、十三世紀からは自由都市として発展、その美しい旧市街地は一九八三年に世界文化遺産にも登録されているとある。

元々、中世ヨーロッパの歴史に興味があり、夏になるとこの美しい古都を思い出すのである、と書ければ、ちょっと知的な感じなのだが、残念ながらそうではない。

このベルンという町はアーレ川という、それはそれは美しい川が、旧市街地を囲むように蛇行して流れている。

いわゆるコの字型で、北はコルンハウス橋から東へ流れ、ウンタートーア橋、ニーデック橋辺りで深く蛇行して、ダルマツィ橋まで西へ戻ったところから旧市街地を離れて南下していく。

数年前、初めてこのベルンを訪れた時には、そこが首都であるという知識もなく、チューリッヒからジュネーブへ向かう途中に、少し時間に余裕があったからという理由で急遽立ち寄ったに過ぎなかった。

駅に降り立ち、いつものことだがガイドブックも開かずに歩き出す。観光地というのは便利なもので、なんとなく人の流れについていけば、わりと簡単にその町一番の観光スポットに着く。

実際この時もふらふらと歩いているうちに、白壁に赤い屋根が連なる中世の町並に迷い込んでおり、「ああ、ドイツビールでも飲みたいな」と思っていたところで、タイミングよくカフェの並んだ石畳の広場にたどり着き、そのついでに古い時計台やアインシュタインが暮らしたという家まで見学できた。

もう少し歴史や遺跡に興味があれば、あそこもここもと見るべき場所はいくらでもあるのだろうが、さすがにスイスといえども真夏に歩き回るのは楽ではなく、カフェでドイツビールを飲んでしまうと、その場から動きたくなくなった。

しかしせっかく来たのだからと重い腰を上げ、もう少し歩いてみることにする。どこをどのように歩いたのかはさだかでないが、深い緑に誘われるように公園に入り、更に先へ進んで行くと、とつぜん視界が開けてアーレ川にぶつかった。

川にかかる橋が見える。渡ってみようと公園からの石段を上る。公園の樹々の葉は蒼々《あおあお》としげっており、足元に落ちる影は深く、川から気持ちの良い風も吹き込んでくる。

さほど大きくもない橋を渡りながら、なんとなく欄干によって眼下の川を眺めた。夏の日差しを受けた川面《かわも》は、思わず声を上げたくなるほど美しく、澄んだ水がゆったりと流れていく。

と、次の瞬間、今度は我慢できずに「あっ」とほんとに声を上げた。

なんと上流から人が流れてきたのだ。

「あっ、あっ……」と、あたふたしているうちに人はどんどん近づいてくる。思ったより流れも速い。

ただ、よくよく見れば、赤いスイミングキャップをかぶった年配の女性は溺れているというよりは、スイスイと川の流れに乗って泳いでいる。

実際、橋の上からぽかんと眺めている僕に気づくと、「おーい」とでも言うように手を振りながら橋の下を通っていく。

ああ、流されているわけではなくて流れているんだ。

と分かった途端、なんともその女性が気持ち良さそうに見えてくる。彼女を見送ると、今度は男性二人と、なんとゴールデンレトリバーが流れてきた。こちらはもう、よほど楽しいのか、遠くからもすでに笑い声が響いている。もちろん犬も楽しそうで、器用に飼い主たちの間を行き来している。

その後もしばらく橋の上に立っていたが、家族連れ、老夫婦、若いカップルから、女の子たちのグループまで、次から次へと流れてきた。

ふと、橋のたもとを見ると、川沿いの歩道から川面へ降りる短い階段があり、今、まさに母親と男の子が川に入ろうとしている、その歩道を（おそらくすでに下流まで流れた）ずぶ濡れの人たちが歩いて戻ってくる姿もある。

こうなると、自分もこの川を流れてみたくなる。しかし、みんなと違って水着がない。

しばし考えてから橋を降りた。歩道から川への短い階段で、まず靴と靴下を脱ぐ。たまたま短パンにTシャツで、幸い大きな荷物もない。

辺りを見渡す。川沿いには洒落た別荘が並んでいる。公園の樹々では小鳥が楽しげに鳴いている。

思い切ってTシャツを脱いでしまうと、なんだかいけそうな気がしてくる。脱いだTシャツで財布や携帯を包み、少し離れた藪《やぶ》の中に隠す。

目の前をまた誰かが流れていく。こちらに手を振っている。

石段からそっと川に足を入れた。意外と冷たい。ただ、すぐに慣れもする。思い切って飛び込んだ。汗びっしょりだった体が冷たくてこそばゆい。一度大きく両手を広げると、流れる水を全身で感じられた。

流れに任せ、川岸の木陰から離れると、強い夏の日差しが心地よい。ぷかんと体を浮かしてみる。真っ青な空がある。美しい旧市街地の建物と濃い緑が流れていく。

とりあえず百メートルほど流れたところで岸に戻った。一定の間隔で川岸には階段があり、その手すりに摑《つか》まる。

川から上がると、濡れた体に風が気持ち良かった。歩道にぺたぺたと足跡をつけながら元の場所に戻る。

まだまだ日は高かった。まさか世界遺産の町で自分が川を流れるとは思ってもいなかった。なんだかとても気分がいい。なんだかとてもこの川が好きになる。なんだかとてもこの町が、この世界が好きになる。

今度はもう少しだけ遠くまで流れてみようと、また川に飛び込んだ。橋の上に人がいる。さっきとは逆に手を振ってみた。

実はこの体験を元にして、以前この雑誌の連載に『緑の光線』という短篇《たんぺん》小説を書いた。もう六年も前になる。今、読み返してみると、主人公は少し潔癖性の三十代の女性で、転職や夫との生活に疲れた末の一人旅の途中、ここベルンに立ち寄る。物語の最後、彼女は川に飛び込むわけではない。ただ靴下を脱ぎ、川の水に足をつける。そして、これまで自分や他人に厳し過ぎたのかもしれないとふと気づく。

自分で書いておきながら改めて小説というのは不思議なものだと思うが、実際にはただただ面白かった川遊びの体験が、なぜ潔癖性の女性を主人公にした物語になるのだろう。自分の体験を数年後に小説に書き、そのまた数年後にこうやってエッセイにしてみると、とても奇妙な感じがする。実際に体験した時の記憶や、小説で描いたイメージ、またこうやってエッセイに書いた光景からもこぼれ落ちてしまっているものがある。小説やエッセイじゃなく、写真や映像に置き換えてもいい。

そこからこぼれ落ちた何か。それがどういうものなのか、上手く説明できないのだが、もしかするとそれこそが僕がこの旅で得た何かのような気がしてならない。

時間を持つもの・軽井沢

ある作家のエッセイを読んでいると、「最近の軽井沢はすっかり騒がしくなってしまって……」というようなことが辟易《へきえき》した感じで書かれていて、驚いた。ちょうどこの数日前、酒の席で軽井沢のことが話題に上り、同席していた人が同じようなことを言っていたからだ。

ただ、驚かされたのは、数日の間に同じようなことを聞いたせいではなく、なんと、このエッセイ、書かれたのが三十年以上も前のものだったのだ。

三十年前と今年に限って、とつぜん町が騒がしくなるとも思えない。となると、軽井沢という町は、三十年前から毎年騒がしくなっていることになる。

たとえば、「最近の若者は……」という常套句《じょうとうく》がある。あまり肯定的に使われることはない。

個人的には、自分が若者だった時の若者も、今の若者も、そう大差はないと思っている。若者が持つ最も価値あるものは「時間」で、昔も今も、その量は変わらないと思うからだ。

時間を持つ者。

これほど羨ましいものはない。

僕自身、すでに四十を越えた今、その輝きは目映いほどで、その目映さからつい、「最近の若者は……」と言いたくなる気持ちも分かる。

前述のエッセイと、酒場での会話がきっかけというわけでもないのだが、初めて軽井沢を訪れた。

実際には学生の頃、ドライブの途中に数時間だけ立ち寄ったことがあるのだが、グループ旅行だったし、寝不足で疲れてもいて、ほとんどその記憶がない。

どんな感じだったのかなぁと、二十年以上前の記憶を思い出そうとしながら、駅から旧軽井沢銀座の方へのんびりと歩き出す。

歩き出した通りには、別荘を専門とする不動産屋が並んでいる。

なんとなく立ち止まり、貼り出された物件を眺めてみる。

ほほう。

思ったより高くない（もちろん都心に比べるとだが）。

いや、そもそも別荘というものの相場が分からない。しばらく眺めていると、一口に軽井沢といっても、それぞれの別荘地でかなり値段に開きがあると分かる。安いものは数百万円から、高いものになるとウン億円。

当然、安い方の現地写真に目がいく。ちらっと隣にある高い方のと見比べると、こちらは崖のような荒れ地、あちらは石積みの塀に囲まれた苔庭《こけにわ》が広がっている。たくさん並んでいるので見飽きない。たぶん初めて軽井沢を訪れた人は、必ずここで立ち止まり、夢の別荘生活を思い描くに違いない。

ただ、せっかく軽井沢まで来て、不動産屋を延々と眺めていても仕方ないので、とりあえず歩き出す。

銀行やレストランの並んだ表通りから、緑の樹々に誘われるように道を折れる。数分歩いた辺りで、とつぜん雰囲気が変わる。

アスファルトから未舗装の細道になり、この道がずらりと並んだ白樺《しらかば》の樹々の間をまっすぐに延びている。

なるほど、たしかに軽井沢だ、と思う。

鮮明なイメージがあったわけではないのだが、これまでにもなんとなく思い描いたことのある軽井沢風の景色が、たしかに目の前にある。

軽井沢に限らず、日本全国、世界各国には、特に意味も目的もなく、無性に歩いてみたくなる道というものがある。たとえばパリのセーヌ川沿いしかり、バンコクの屋台街しかりだ。

それぞれ趣はまったく違うが、ここ軽井沢もとにかく歩いてみたくなる所だった。

のんびりと歩きながら、ゆったりと建てられた別荘を眺めていく。

木立に囲まれた広々としたそれぞれの敷地には、現代風なコンクリート造りの別荘から、おそらく築七、八十年は経っていそうな茅葺《かやぶ》きの家まであり、とにかく見飽きない。

ルイス・カーンというアメリカ人建築家が設計した、フィラデルフィア郊外にあるフィッシャー邸という家が以前から好きで、あれがここに建っていたらさぞかし美しいだろうな、などと空想するだけでも楽しい。

ちょうど空き区画があったので、このフィッシャー邸を頭の中で建ててみる。外壁は美しく手入れのされた糸杉で、日を浴びてオレンジ色に輝く。アクセントになるガラス窓の中には、石積みの暖炉が見える。

石積みで、ふと気づいたのだが、ここ軽井沢の別荘では、その石垣や土台に浅《あさ》間石《まいし》というあまり見かけない石が多く使われていた。

あとで調べてみたのだが、この浅間石、浅間山の噴火でできたものらしく、小さな穴が無数にあいたスポンジのような石らしい。

この浅間石が、なんとも優雅な苔庭に似合っている。

小川にかかった橋を渡り、澄んだ水の流れを見下ろす。案内板によれば、昔この辺りに堀辰雄《ほりたつお》の別荘があったらしい。

考えてみれば、現代の先輩作家にもここ軽井沢で暮らしている方は多い。これまでは都心の酒場でお会いした時、「これから軽井沢まで帰るのは大変だなぁ」としか思っていなかったが、こういう場所に帰ってくるのであれば、いくら賑やかな六本木のバーの席でも、そう躊躇《ちゆうちよ》なく立てるのかもしれない。

軽井沢が賑わうシーズンには少し早かったので、別荘地は閑散としていたが、そのせいもあって、一帯にはなんとも表現できない時間が流れていた。

さきほど、若者が持つ最も価値あるものは「時間」だと書いたが、考えてみればここ軽井沢にもその「時間」がある。

時間を買うというのは、新築分譲マンションの下手な宣伝文句みたいであまり好きではないが、それでもここ軽井沢で数日を過ごすということは、紛れもなくこの時間を買うことになるのだろうと思う。

そこまで考えて、「ああ、なるほど」と合点がいった。

いつの時代も、この時間を持つ若者たちが、「最近の若者は……」と言われるように、軽井沢もまた、この時間を持っているがゆえに、三十年前のエッセイから今に至るまで、「最近の軽井沢は……」と言われ続けているのかもしれない。

人間の声

中学生の頃、合唱コンクールに参加したことがある。

まずは校内でクラス対抗戦が行われ、優勝クラスが代表として市の大会に出場するという流れだったと思う。毎年恒例の行事ではなく、その年にとつぜん始まったはずだ。

そして、生徒たちは誰も興味を示さなかった。

選曲も適当、練習はおざなり、並んで歌っているというよりも、並んでぼそぼそと愚痴をこぼしているような状態で、まだ若かった音楽の女の先生が頭を抱えていたことを覚えている。

当時同じクラスにM君という友達がいた。いわゆる不良で、髪はリーゼント、眉は剃《そ》り落とし、だぶだぶのズボンを穿《は》いていた。当然、合唱コンクールに興味を示すタイプではないのだが、なぜかこの時、彼がとつぜん練習を面白がり始めた。先生が苦肉の策で、彼を指揮者に抜擢《ばってき》したのだ。そして、もし校内で優勝して市の大会に出ることになっても、リーゼント、だぶだぶのズボンを穿いて出場していい、という言葉に飛びついたらしかった。

見かけは不良でも、根は賑やかなお祭り男なので、そうと決まれば誰よりも熱心になる。彼の熱意にほだされて、いつの間にかクラスも団結し、気がつけば、クラス全員でぼそぼそと愚痴をこぼしているようだった歌が、徐々にハモったりしてくる。

経験のある方なら分かると思うが、仲間たちと大きな声で歌っていると、とつぜん訳もなく涙が溢れ出しそうになることがある。

自分の声に――、みんなの声に――、人間の「声」というものに感動するのだ。

今回、そんな遠い記憶が蘇ったのは、あるドラマを見たからだ。

拙著が原作となった『平成猿蟹合戦図《さるかにかっせんず》』という全六話の連続ドラマで、とにかく「良い」ドラマなのだ。

放送前にＤＶＤをもらい、早速見始めたのが夜の九時頃、コミカルな第一話をクスクス笑いながら見ているうちに、各キャラクターの悲しい過去が描かれて、二話、三話と進んでいくと、見るのをやめられなくなった。クライマックスの五話、六話になると、まるで登場人物の一員のような気持ちで、主人公を応援しているほどだ。

結局、全六話を見終えたのが深夜三時。

失礼かつ非常識であることは重々分かっていたが、どうしてもこの興奮を伝えずにはおられず、行定勲《ゆきさだいさお》監督に「本当に面白かった。良いドラマにしてくれて、感謝です」とお礼のメールを送ってしまった。

このドラマのストーリーを簡単に説明すると、歌舞伎町でバーテンダーをやっている青年が、轢《ひ》き逃げを目撃し、その犯人を脅迫しようとするところから始まるエンターテインメント作品で、なぜかこの脅迫犯の青年がいろんな人たちに担がれて、最後には国政選挙に打って出ることとなる。

これだけ聞くと、なんとも絵空事の世界のようだが、コミカルな第一話から始まって、登場人物それぞれの過去や夢が語られる中盤を過ぎ、弱い者たちが集まり、助け合いながら、実際に国政選挙に挑んでいく佳境に突入すると、見ているこちらまで彼らと一緒に選挙応援をし、この青年の当選を祈るような気持ちにさせられるのだ。

そして、この青年を演じるのが高良健吾くん。

以前『横道世之介』という映画でも主役を演じて頂いたこともあり、すでに絶対の信頼を寄せる俳優なのだが、今回もまた、硬軟織り交ぜた見事な演技に唸《うな》らされた。

歌舞伎町で気楽にバーテンダーをやっていた彼が、様々な出会いのあと国政選挙に挑むわけだが、物語の佳境、大勢の有権者を前に演説をするシーンがある。

政治家の経験があるわけでもない青年の言葉は、やはりどこか青くさい。同時刻に別の場所で行われている古参議員の流暢《りゅうちょう》な演説に勝ち目があるはずもない。

ただ、この青年を演じる高良健吾くんが、「若者の夢、希望、期待」という青くさい演説の言葉を、本気で信じて、声を嗄《か》らして熱弁する。

どんなに青くさい言葉でも、それを心から信じて語れば、聞いている者たちに何かが伝わる。

もしかすると、このシーンの撮影に聴衆として参加したエキストラのみなさんも、ドラマの中の一シーンという枠を越えて、彼の言葉に心から感動したのではないかと思うほど、目をうるませていた。

実際、原作者である僕も、高良くんの演説に、本気で言葉を信じている声に、目頭が熱くなってしまった。

そして、この歌舞伎町のバーテンダーだった青年を、ここまで成長させるのが、鈴木京香さん演じる元世界的チェリストのマネージャーだ。

高良くんの声に何かを信じる力があるとすれば、鈴木京香さんの声には何かを信じさせる力がある。

少し説明し難《にく》いのだが、たとえば高良くんの声は、「俺は大丈夫」という時にはとても効く。逆に鈴木京香さんの声は、「あなたは大丈夫」という時にその力を発揮するとでも言えばいいのだろうか。

とにかくお二人とも魅力的な声の持ち主であることは同じなのだが、その質が少しだけ違っているような気がするのだ。

少し話がそれるが、たまに「で、結局のところ、文学とは何か？」というような質問を受ける。

もちろんはっきりとした答えはない。ただ、個人的には「結局のところ、文学とは人間の声のことではないか」と思うことがある。

たとえば鈴木京香さんの声のような小説をいつか書きたいと思う。また、高良健吾くんのような声の主人公を描きたいと思う。

中学の頃に参加した合唱コンクールで、僕らのクラスは見事優勝して、市大会の出場権を手に入れた。他のクラスはどこも本気で取り組んでいなかったので、当然と言えば当然の結果だった。僕らが本気で歌い出すと、客席にいた他のクラスの生徒たちは笑い出した。「うわっ、こいつら本気でやっちゃってるよ」と。ただ、それでも本気で歌い続けているうちに、その場の雰囲気は変わっていた。もう、誰も笑っておらず、僕らはただ本気で歌っていた。

無音の世界

先日、魅力的な旅行記を読んだ。

ネットで偶然見つけたブログだったが、ご夫婦でサハラ砂漠に行き、満天の星空の下に一泊したという内容だった。

何が素晴らしいかといって、この時、現地のガイドさんから、「今夜はテントの中に寝ますか？　それとも風がないので外で寝ますか？」と聞かれたというくだりだ。

当然、彼らは外を選んだ。

町から駱駝《らくだ》に乗って半日がかりでやってきた砂漠の真ん中、砂と空だけの世界を遮るものはない。簡易ベッドの足が砂に埋もれる。

目を開けば、満天の星空。彼らは興奮して、何時間も話し続けたという。話し疲れて眠りに落ちるまで。

砂漠や満天の星空の世界とともに、おそらく彼らはこの時、無音の世界というものも経験していたのだと思う。だからこそ、一緒にいる人の声や話がとても新鮮で、いつまでも話していたのではないだろうか。

あいにくサハラ砂漠に行ったことはないが、僕自身、似たような無音の世界の体験を何度かしたことがある。

まず思い出すのが、数年前に行った内モンゴル自治区の大草原だ。

自治区首府のフフホト市から車で数時間走ると、遊牧民のゲルが立ち並ぶ大草原につく。ここのゲルは観光客相手の施設で、レストランや宿泊施設なのだが、このエリアから馬に乗って更に進んでいくと、いわゆる無音の世界が待っている。

最初、馬に乗りましょうと言われた時は、てっきり係の人が馬の手綱を引いてくれるのだろうと思ったが、「はい、じゃあ、あなたはこの馬」と引き渡され、「この手綱を強く引っ張れば馬は止まる。足で蹴れば歩きますから」という簡単な説明しかしてくれなかった。

見れば、他の客たちもそれだけで素直に馬に乗っている。物は試しと跨がってみる。手綱を握り、軽く脇腹を蹴ってみる。

とても優しい馬のようで、こんなド素人の合図にも素直に歩き出してくれる。ガイドさんが乗る馬について、パカパカと草原を進んでいく。真っ青な空には雄大な雲、遠くで地平線と空が交わっている。

耳には馬の足音と風の音だけ。ちょっとメルヘンチックすぎるかもしれないが、本当に今なら風と話ができるんじゃないかと思うほど、そこには何も存在しなかった。

そういえばこの時、携帯が鳴った。

いわゆるモンゴルの大草原の真っただ中で、まさか馬に乗っている時に携帯が鳴るとは思いもしない。

電話は仲のよいライターさんからだった。

「あ、ごめんなさい。海外でした？　今、大丈夫ですか？」

呼び出し音が違っていたため、彼女が謝る。

「いや、大丈夫ですよ。今、内モンゴル」

「内モンゴル？」

「それも大草原の中で馬に乗ってて」

説明しながら可笑《おか》しくなってきた。

いったん電話を切り、目の前の壮大な景色を写真に撮って送った。それでも自分がいる世界の半分も送れないのだ。

他にもアメリカのグランドキャニオンで同じように無音の世界を体験した。

朝日に染まる渓谷を見ようと早起きし、絶景ポイントに立つ。肌寒い空気が心地よく、持参したコーヒーも美味い。目の前に、これだけ雄大な景色があるにもかかわらず、自分が歩く足音以外に音はない。スニーカーでザクッザクッと赤土を踏む。

ピンク色に染まった岩山は、圧倒的な美しさだった。たとえばここでどんな愚痴や泣き言をこぼしても、この景色がその太い腕で強く抱きしめてくれるんだろうなと思えた。

この時、実際に愚痴や泣き言をこぼしたような記憶がある。あんまり人生がうまくいっていない時期だった。しかし、今になってみれば、こんな景色に巡り会えた時期がうまくいっていなかったわけがないのだ。

当然、音のない世界には日本でも出会える。

まず思いつくのは、以前、この欄でも書いた富山県南砺市のオーベルジュで体験した大雪の夜だ。

夕食を終えて、部屋に戻った。タバコを吸おうとベランダに出る。一面の雪景色だった。まさに深々と降り積もる。

ぼくは何かを忘れてきたような気がした。しかしタバコもライターもある。次の瞬間、気がついた。そこに音がなかったのだ。

こうやっていろいろと思い出してみると、ぼくはこの無音の世界というものが好きなのだと気づく。

これまで意識したことはなかったが、子どもの頃から水泳が好きで、未だにスポーツクラブのプールでたまに泳いでいる。そしてまさに水の中というのがこの無音の世界なのだ。

もちろん無音の世界を味わいたくて泳ぎに行っているわけではないが、それでも壁を蹴り、すっと体が水の中を進む時の、あの何とも言えない静けさは間違いなく日々のストレスの解消になっている。

考えてみれば、初めてこの音のない世界に出会ったのは、十九歳の夏だった。夏休みで地元へ帰省し、夜、スクーターで友人の家へ向かう途中だ。県道をぐるりと回って行くよりも、唐八景《とうはっけい》という山を越えていくのが近道だった。

小学校でも、中学校でも、遠足で通っていた山だったし、高校時代はマラソン大会でも走った。夜とはいえ、恐いとも思っていなかった。

しかし山道に入った途端に、景色が変わった。とうぜん街灯はなく、辺りは真っ暗。スクーターのライトが照らす部分しか世界はない。

真夜中のハイキングコースから、いつも弁当を食べる広場に来た時、勇気を出してスクーターを止めた。

ライトを切ると、まさにかぶりつかれるように、山の闇に呑まれる。

次にエンジンを切ってみた。月もなく、辺りは真っ暗だった。数メートル先も見えない。唾を飲み込む音が響いた。

最近、見返した『シェルタリング・スカイ』という映画には、原作者のポール・ボウルズが舞台の北アフリカのホテルに滞在する旅人として出演している。

彼はこの映画の最後に次のようなことを語る。

「あと何回、満月を見られるだろう？

実際には二十回くらいだろう……

だが、人はその機会が永遠に訪れると思っている」

遠いパリのこと

先日、明治座の公式サイトを眺めながら、冬のパリのことを思い出していた。明治座から冬のパリ……。

何故《なぜ》そうなるかというと、今からもう十年も前の話になるが、二〇〇五年の元日をパリで迎えた。大晦日《おおみそか》の夜、知人や友人と凱旋門《がいせんもん》近くのステラ・マリスでトリュフづくしのディナーを堪能し、少し酔った足取りでシャンゼリゼを歩いている最中に年が変わった。

冬の夜空に花火が上がり、シャンゼリゼ大通りにつめかけていた大勢の人たちはシャンパンをあけて新年を祝っていた。

と書くと、なんとも優雅な正月旅行のようだが、実際にはかなりシビアな仕事で滞在しており、大晦日ぐらいはそれを忘れてひとときだけでも楽しみましょうという趣旨の夜だった。

というのも、この時パリに滞在していたのは、前年の夏に撮影した短篇映画『Water』の編集作業のためだった。

さっそく言い訳させてもらうが、僕はこれまでに一度だけ監督をして映画を撮らせてもらったことがあり、それが自身の処女作を原作にしたこの『Water』という二十八分の短篇映画で、一流の映画監督と仕事をする機会も増えた今から思えば、何を調子に乗ってというか、何を血迷ってというか、とにかく全映画関係者に「申し訳ありませんでした」と謝りたい気持ちにもなるのだが、とにかく若気の至りというか、そういうことから始まったものとはいえ、一つだけ自信を持って言えるのは、ズブの素人なりに、恥をかきながらも必死で作ったものではあったということだ。

では、何故そんなズブの素人の作品の編集がパリでだったのか？

理由は簡単。カメラマンがヨリックというフランス人だったからだ。

ちなみにヨリックは当時すでにフランソワ・オゾン監督の『スイミング・プール』などを撮っていた有名なカメラマンで、最近ではジム・ジャームッシュとも組んでいるのだが、では何故ヨリックのような有名カメラマンが、無名監督の短篇映画のためにわざわざ撮影地の長崎くんだりにまで来てくれたかといえば、原作のフランス語訳を読んで興味を持ってくれたのも確かだが、ひとえにプロデューサーの力だと思う。

ということで、ヨリックと共に長崎で撮影が始まったのだが、素人監督は映画など撮ったことがない上に、頼りのカメラマンはフランス人で言葉も通じない。監督があたふたしていれば、その不安は当然キャストたちにも伝わって、現場全体になんとも嫌な空気が流れる。ちなみにこの時出演してくれたキャストたちも、まだ事務所に入ったばかりの新人たちで、本格的な演技の経験などほとんどない。

経験のない演出家が、経験のない役者に演技をつける。

思い出しただけで血の汗が出そうだが、その時はどちらも必死で、それに未経験者には未経験者なりの度胸もあったのだと思う。

フランス語で、「OK?」的なことを「Ça va?《サ ヴァ》」というのだが、撮影の途中からは誰もが妙なテンションになってしまい、ワンシーン終わると、「Ça va?」「Ça va!」と声をかけ合い、それなりに撮影が進んでいった。

考えてみれば、その時はあまりにも余裕がなくて自分のことだけで精一杯だったが、東京からワゴン車に機材を積んで参加してくれた撮影スタッフはもちろん、撮影にプールを貸してくれた母校や、協力してくれた現役の水泳部員たちなど、本当にいろんな人たちに助けられたのだと今さらながら改めて感謝する。

なかでも、頼りない監督の元で、本当に心細い思いをしたであろう若いキャストたちのことは、今でもふと思い出して申し訳なくなる。

ちなみにこの作品は長崎の高校に通う水泳部員たちの話で、主な登場人物は三人。キャプテン役を滝口幸広《ゆきひろ》くんが、その親友を川口覚《さとる》くんが、そしてヒロインを早織《さおり》さんが演じてくれ、なんと母親役として、伊藤かずえさんが忙しいスケジュールの合間を縫って特別出演して下さった。

ということで、撮影が終わったその年の暮れ、再びパリでヨリックと再会し、編集作業に入ったのだ。

完成した二十八分の短篇映画に自信があるかと言われれば、ない。

ただ、それは完全に監督である僕一人のせいで、スタッフ・キャストは、こんな素人監督相手にはもったいないほどの愛情と力を注いでくれた。

その愛情と力が伝わったのか、この作品は短篇映画でありながら渋谷の映画館で一般上映してもらえた上に、いくつか海外の短篇映画祭にも呼んでもらえた。

一般上映の初日に舞台挨拶をさせてもらったのだが、満員のお客さんで足が震えた。ただただ自信がなかった。自然と俯《うつむ》きがちになる。

しかしふと横を見ると、若い三人がそこでライトを浴びてきらきらと輝いていた。自分たちはここからもっともっと遠くまで歩いていくんだと、その目をきらきらと輝かせていた。

本当に美しかった。

なぜこの目を撮れなかったのか。自分が映画監督になれないと思い知った瞬間だった。

あれから十年が経つ。

ヒロインを演じてくれた早織さんは、その後、大ヒットした映画『舞妓Haaaan!!!』で準主役の舞妓《まいこ》を演じるなど、映画、テレビドラマに大活躍しており、先日は知り合いの映画監督が出演したトーク番組で司会まで務めていた。

癖のある少年を演じてくれた川口覚くんもまた大変な活躍をしている。すぐに思い出せるだけでも朝日新聞やキリンビールといったCMに印象的な役で出ているし、何よりも舞台が凄い。ここ数年は蜷川《にながわ》幸雄氏が主宰する劇団で、『ハムレット』『オイディプス王』の主役を務めるほどの活躍ぶりだ。

実際、『蒼白《そうはく》の少年少女たちによる「ハムレット」』という舞台を見せてもらったが、空間的にも感情的にも奥行きのある、あの蜷川演出の中で、立派に、というか見ている者が鳥肌を立たせるくらいの存在感で、そこにちゃんと立っていた。今後の成長が恐ろしくなる。

そして水泳部のキャプテン役を演じてくれた滝口幸広くんもまた、川口くんとは違う形で頑張っている。

彼も、テレビでは仮面ライダーもの、映画では人気ボーイズラブもの、舞台では『テニスの王子様』などなどで多方面に活躍している。

そして先日のことだが、なんとこの滝口幸広くんが五月下旬に明治座の舞台で主演を務めるということを耳にしたのだ。

活躍しているのは知っていたが、さすがに明治座で主演と聞いて驚いた。早速、公式サイトで調べてみると、たしかに載っている。それも芝居のタイトルは『滝口炎上』。

この公演の前が「五月花形歌舞伎」で、そのあとが沢口靖子さん主演の『台所太平記』となる。

大したものだと思わず唸った。

早速、チケットをインターネットで予約しようとしたが、すでに完売。チケットが買えなくて、こんなに嬉しかったことはない。全公演「売り切れました」という文章をしばらく眺めながら、気がつけば、冬のパリのことを思い出していた。

苦節三十年

先日、外国のエアラインに乗っていて愕然《がくぜん》とした。

座席でくつろいでいたのだが、ＣＡさんが順番に乗客に声をかけながら近づいてくるのが見えた。次が自分となり、ヘッドフォンを外す。もちろん英語なので、心の準備はしていた。

笑顔でＣＡさんが話しかけてくる。

わりと長いセンテンスである。

「はい？」

こちらの表情を見て、ＣＡさんが同じ文言を繰り返してくれる。

しかし、それでも分からない。分からない単語が一つ二つあるというレベルではなく、最初から最後まで一つの単語も聞き取れない。

海外旅行の経験も少なくないので、機内での英会話程度ならこれまでなんとかこなしてきたはずなのに、まったく知らないドイツ語とかロシア語で話しかけられているくらい聞き取れない。

さすがに焦って、「Excuse me」と再度訊き返す。

CAさんも事情を察したようで、今度は嚙《か》んでふくめるようにゆっくりと話してくれる。が、それでも一切聞き取れない。もちろん相手の英語が下手なわけではない。

仕方なく、「uh-huh」と分かったふりをした。ただ、CAさんもこちらが明らかに分かったふりをしていることに気づいている。

おそらく何か質問をされているので、こちらが何か答えて会話は成立する。しかしその何かが分からない。

「OK」

一番やってはいけないことなのだが、つい沈黙に耐えられずにそう言った。

するとCAさんが、「Thank you」と、なぜかボールペンを差し出してくる。

「あ、ペンなら持ってるんで……、No, Thank you」

ボールペンを断る僕に、CAさんの笑顔が曇る。

あとになって分かったことだが、どうやらこのやりとりは次のようなものだったらしい。

ＣＡさん「もしお時間があれば、このアンケートにご記入いただけませんでしょうか。お客様のご意見を今後の私どものサービスに活《い》かしたいと思います。もしご協力いただければ、大したものではないのですがボールペンをプレゼントさせて下さい云々《うんぬん》」

そこで僕が分かったふりをして、「ＯＫ」と快諾。だから当然ＣＡさんは「Thank you」と来て、粗品のボールペンをまず差し出す流れとなる。

なのに、ここで客がまさかの「No, Thank you」。

これじゃ、さすがにＣＡさんの笑顔も曇る。

考えてみれば、「そろそろ英会話も本格的に勉強したいなぁ」と思い続けて、かれこれ三十年になる。

高校時代、ちょっとだけ英会話学校に通ったが、今はそれより受験英語が先だろうと逃げ、大学時代、時間ならいくらでもあるのだから英語の勉強などいつでもできると余裕を見せているうちに、気がつけば学生時代も終わっていた。

それでも海外旅行への興味はあり、あちらこちらに計画を立てるたびに付け焼き刃で勉強し、なんとか飛行機篇、ホテル篇、買い物篇くらいの英語は話せるようになっていた。ここで本腰を入れればよかったのだろうが、「よし、本気で英語をやろう」と思うのは、海外旅行から戻った直後だけで、一週間もすればその熱意も冷めている。

継続は力なりというが、「そろそろやろう」と思う気持ちだけは三十年も続いているのだから、そこをなんとか継続としてカウントしてもらえないだろうかと常々思う。

そういえば、周りにも同じように根気はないくせに諦めの悪い友人が多い。ある友人などは昨年一念発起して英会話学校に入学した。そこで担当教師に自分の英会話レベルを披露したらしいのだが、先生の評価は次のようなものだった。「あなたの英語はこんな感じです。『初めまして。お会いできて大変うれしゅうございます。まぁ、そこに座れ』」

笑えない。他人事《ひとごと》と思えない。

根気はないが諦めも悪い人間には、もう一つ共通する点がある。

移り気、だ。

根気がないのなら諦めればいいのに諦めない。諦めないのなら根気を出せばいいのに根気はない。そこで逃げ道として、こっちを一口、あっちを一口、これ、またあとで食べますから捨てないで下さいね、を始めるのだ。

まさに僕自身がそうで、最近中国語の学校に通っている。今さら説得力はないと思うが、新しい語学を学ぶことは実に楽しい。特にゼロからスタートというのがいい。

英語の勉強が借金を返していく感覚だとしたら、ゼロからスタートの中国語はまるで五百円玉貯金をしていく感覚とでも言えばいいだろうか。

たとえば外国で迷子になったとして、「私、ここ、行きたい。どの、電車乗る？」と現地の人に尋ねるとする。

これが英語なら、「ああ、なんて俺は英語が下手なんだ」と思う。

しかし勉強し始めたばかりの中国語なら、「おお、俺、中国語話してる！」となるのだ。

実際、中国語をちょっと齧《かじ》るようになってから、中国語圏へ旅行するのが楽しくて仕方ないのはもちろんで、最近では中国人観光客の会話を銀座や新宿の街角で耳にするのがまた楽しい。

中国の方には申し訳ないが、中国語を勉強するまで中国語というものをちょっとうるさく感じていた。単純に、なんでこんな静かな場所でそんなに声を張る必要があるのだろうかと。

しかし今ならその理由も分かる。

声を張った「マー」と、声を張らない「マー」だと、まったく意味が違ってくるのだ。静かな場所だからと声を張らないと、言葉が意味を成さなくなるわけだ。

最近ちょっとだけ中国語を聞き取れるようになって、ちょっとうれしかったことがある。都内の家電量販店でエレベーターに乗り込む時、先に乗っていた中国人の若い夫婦に会釈したのだが、エレベーターが上階へ昇っていく途中、背後で若い夫婦の夫が、「日本人って礼儀正しいな」みたいなことを奥さんに言ったのだ。

なんとなく気分が良かったので、降りる時も会釈しようかと企《たくら》んだのだが、残念ながら先に降りられてしまった。

理解できない言葉というのは、なぜかネガティブな内容に聞こえることが多い。しかし実際にはそうではないことの方が多いのだと思う。

泣きたくなるような青空

四階のレストランフロアまでエスカレーターで上がった。場所は夏の終わりの那覇空港。長いエスカレーターで2フロア吹き抜けの中を上がっていくと、目の前にあの景色が広がった。

エスカレーターを降り、思わず立ち止まった。それほど圧倒的だった。泣きたくなるような青空、と最初に言ったのは誰だったのか。可能ならその人を連れてきて、「これですよね？　あなたが見たのはこの青空ですよね？」と訊きたかった。

大きな窓からは、雲一つない沖縄の青空と、日を浴びた真っ白な滑走路、そして（宣伝じみて聞こえるかもしれないが）二色の青で彩られたＡＮＡ機の尾翼がずらりと並んでいた。

東京へ戻るという感傷もあったと思う。沖縄で遊びすぎた疲れもあったのかもしれない。とにかく楽しかった沖縄での思い出の全てが、この景色に詰まっているようだった。

沖縄ほど離れる時に気持ちがかき乱される場所はないように思う。もちろん個人的な意見としてだが、沖縄はいつ行っても、その帰りに胸が押しつぶされるような寂しさを感じる。

今から八年ほど前になるが、この『翼の王国』で連載を始めた当初、エッセイではなく、掌編を書いていた。その中に「小さな恋のメロディ」という作品がある(『あの空の下で』収録)。

現在は繁盛しているバーを経営する男が、水泳部だった高校時代に沖縄へ遠征試合に行き、そこで出会ったマクドナルドでバイトする女の子に一目惚《ひとめぼ》れするという話なのだが、実はこれ、ちゃんとしたモデルがいる実話でもある。

モデルは高校時代の僕の一年後輩でOというのだが、実際に水泳部で沖縄に行き、マクドナルドの女の子に一目惚れしたのも本当なら、現在、地元で大繁盛しているバーを経営しているのも本当である。

未だに覚えているが、このOが近くのマクドナルドに可愛い女の子がいた、と興奮気味にホテルに戻り、せっかく数日いるのだから一度だけでもデートしたいと騒ぎ出した。僕らも面白がり、だったら何かプレゼントを買って告白しようと盛り上がる。実際、Oはチョコレートを買い、勇気を出して閉店間際のマクドナルドを訪れるのだが、もちろんヤジ馬の僕らもその様子を背後から覗いていた。

告白に行くまで数日あった。その間、昼間は練習もあれば試合もある。ただ、夜になれば、なんとなくOとその話になる。

不思議なもので、Oはもう彼女と付き合っていた。

妄想と笑ってしまえば身も蓋もないが、青空もあまりに青いと泣きたくなるように、妄想というのも、あまりに切実だと、もう聞いている方までせつなくなる。

妄想の中で、Oはもう彼女とこの南の島で暮らしていた。高校は辞め、こっちで仕事に就いている。慎《つつ》ましい暮らしだが、彼女と二人きりの暮らしはその一日一日が輝いている。

他にも、たとえばどんなアパートに暮らしているとか、どんな仕事をしているとか、とにかく事細かに話していたような記憶はあるが、さすがに細部まで思い出せない。

結果的にOがマクドナルドへ告白に行き、がっくりと肩を落として戻ってきた時、笑う準備をしていたヤジ馬の僕らは一切笑わなかったし、彼がまだ始まってもいない一目惚れの恋に破れたのではなく、高校まで退学して沖縄に来た彼の思いまでが、まるで踏みにじられたようでつらかった。

沖縄という場所が持つ力というのは、まさにこれなのではないかと思う。人に幸せな人生を妄想させる力とでも言えばいいのか、沖縄に滞在している時、おそらく誰もが、もしここで暮らしたらと想像をする。そして、その想像は間違いなく、今の自分の生活よりも豊かで美しいものなのだ。だからこそ、その沖縄を離れる時、僕らは数日間の沖縄に別れを告げるのではなく、妄想の中で暮らした美しく豊かだった日々に別れを告げなければならず、その喪失感は青い空を見てつい涙が流れてしまうほどになる。

今回の沖縄旅行では、那覇からフェリーで一時間ほどの離島に宿泊した。宿泊した民宿の窓からも海が見えた。玄関を出て通りを渡り、サトウキビ畑を横切ればそこが白砂のビーチだった。

民宿の隣に朽ちた空き家があり、退屈しのぎに敷地に入ってみた。平屋だったが、小さな窓を開ければ、やはり海が一望できる。

庭や屋根には雑草が生い茂り、屋内は黴《かび》と土埃《つちぼこり》の臭いだったが、それでも数分そこに立っていると、ここで暮らしているカップルの姿が浮かんでくる。

というのも、この滞在中、たまたまある役者さんと現地で食事をする機会があり、その時の会話の中で、「『たとえば、こういう楽園のような場所で幸福な一日を過ごすごとに、一日ずつ不幸になっていくような二人』というようなものがあったとしたらせつないですね」という話をしていて、それが翌日からもずっと尾を引いていた。

もちろんその二人がどのような関係、どのような事情で、この離島に辿り着いたのかは分からない。ただ、小さな窓から海が見える古い家で、二人はただお互いだけを見つめて暮らしている。

おそらく二人の人生にとってはここが幸福の絶頂であると同時に、世間から見ればどん底でしかない。

この離島のフェリー乗り場の待合室に、なぜか卓球台が置いてあった。

一日に二、三便しかフェリーは来ない。固くなった菓子パンを並べた売店はあるが、店の人はいない。誰もいない待合室で、大きな扇風機だけが回っている。

帰りのフェリーの到着を待ちながら、なぜかこの卓球台から目が離せなかった。

この島に辿り着いた二人が、夜になると誰もいないここへ来て、ずっと卓球をやっていたような気がしてならなくなる。

おそらく二人は本気で戦っていたはずだ。どちらかが打ったピンポン球がギリギリでテーブルの角に入り、大きく跳ねてトイレの方へ転がっていく。その音ががらんとした待合室に響く。

点を取られた方はピンポン球を拾いに行く。行く時は顔に笑みが浮かんでいる。しかし相手に背を向け、暗いトイレの前でピンポン球を拾った瞬間、ここでの生活がもうすぐ終わることを直感する。

卓球台の上には、古びたラケットが二つ置いてあった。ピンポン球は見当たらなかった。なんとなく近づいて、そのラケットに触れてみた。彼らが使ったラケットにしか思えなかった。

離島から那覇に戻った時には、まるで自分までここでの生活を追われるような気分だった。もう二度とあそこで卓球をすることはできない。

空港の長いエスカレーターを上ると、窓の外に真っ青な沖縄の空が広がっていた。

浪速の従姉妹漫才

あー、面白かった。あー、素晴らしかった。

何を手放しに絶賛しているかというと、五年ぶりに大阪で行われた平成中村座の公演である。

何が面白かった、素晴らしかったといって、東京から一泊二日で大阪を訪れたので、贅沢にも夜の部、昼の部と両方を堪能し、なかでも今回は特に中村扇雀《せんじやく》さんの芸をたっぷりと味わえた。

夜の部の『盲目物語』の「お市《いち》の方《かた》」も威厳があって良かったが、やはり今回は昼の部で見せてくれた『江戸みやげ・狐狸狐狸《こりこり》ばなし』のコミカルな「手拭い屋伊之助《いのすけ》」役が出色で、今さら扇雀さんの芸達者ぶりに感心してはいけないが、芸で客を笑わせているというよりも、もう芸の方が扇雀さんに笑わされているような感じで、芸でさえ笑っちゃうのだから、客なんかひとたまりもなく、途中からは「伊之助」が舞台に出てきただけで、何をするでもないのに笑いを堪《こら》えるのが大変だった。

何が面白いといって、とにかくそのいちいちが面白い。今回は場所が大阪だったこともあり、そのいちいち具合が妙に大阪という土地らしくて、わざわざ来た甲斐《かい》があったというか、「ああ、今、大阪にいるんだなぁ」と、妙に旅情をそそられた。

普通、旅情というのは、たとえば函館の夜景だったり、東北の雪の露天風呂だったり、九州の屋台街だったりから湧き上がってくるのだろうが、そこは大阪、腹を抱えて笑っていると旅情を味わうというのはさすがだと思う。

この大阪、実は幼い頃から馴染《なじ》みが深い。実家は九州なのだが、父方の親戚筋が多く大阪にいることもあり、子どもの頃からわりとよく遊びに来ていた。

なかでも少し年上の従姉妹《いとこ》がいるのだが、この加代子《かよこ》姉ちゃんと恵津子《えつこ》姉ちゃんという二人の従姉妹が、まさに僕にとっての大阪のイメージとなる。

この二人、とにかく子どもの頃から面白かった。ぼんやりとした記憶では、二人が『ハクション大魔王』の話をしていて（もう何が面白かったのかは覚えていないが）、それがとにかく可笑しくて、あまりに笑い過ぎて吐き気がしたことがあったほどだ。

すっかり大人になったあと、この当時の二人の声が録音されているカセットテープが見つかったのだが、改めて聞いてみると、「おっちゃんがへーこいた」だの、山本リンダの物まねだの、録音しているマイクに齧りついたりだのと、やりたい放題の二人の会話が残っており、見つかった時、すでに結婚して母親になっていた二人は、「これは自分たちじゃない」と言い張っていた。

そういえば、二人が高校生だった頃、別々の年ではあったが、夏休みを長崎で数週間ほど過ごしたことがある。

どちらも友達を数人連れてきており、祖母の家に泊まっていた。姉の方が来た時にはまだ僕は小学生で、完全に子ども扱いされていたのだが、妹の方が来た時には学年は違えど同じ高校生だったので、一緒に海水浴などに行った。

大阪から来た従姉たちは、見るからに大人だった。「おっちゃんがへーこいた」などと騒ぐ女の子は完全に姿を消しており、まだ砂浜を駆け回ったり、沖まで泳いでいく幼稚な僕ら田舎の少年たちをサングラス（！）をかけ、アンニュイな表情で眺めていた。

そうこうしているうちに、姉の方が結婚し、従甥《じゅうせい》と従姪《じゅうてつ》が生まれた。初めて従甥を抱き上げた時、また従姪が僕の腹で眠った時の重さや感触を、なぜか今ではっきりと覚えている。

ただ、思い返してみれば、こうやって大阪の親戚たちと会った時というのは、その代わりに誰かを亡くした時でもある。

祖母、伯母、伯父……。

そんな時、彼女たちといると、人間というのは可笑しいから笑うのではなく、悲しい時にも笑うことがあると教えられる。いや、本来、笑いというものが人生の可笑しみからではなく、悲しみの底から立ち上がろうとして生まれたものではないのかとさえ思われてくる。

おそらくそういった根源的な意味での可笑しみを、中村扇雀さんという役者はその芸で見せているのだろうと思う。

長崎と大阪とはやはり遠く、そう簡単に行き来できる距離ではない。その上、大人になればなるほど、それぞれ忙しくなり、最近では従姉妹たちと会う機会もめっきり減ってしまっている。

ヘンな言い方だが、従姉妹たちと出会ってから、そろそろ半世紀になる。

この五十年の間、回数にして何回くらい会ったのだろう。

子どもの頃は頻繁に行き来していたとはいえ、毎年ではなかったはずだ。二年に一度、もしくは三年に一度、それが高校生の頃まで続いていたとしても、七、八回。彼女たちが長崎で夏休みを数週間過ごしたこともあるから、それをプラスしても、一緒に過ごした日にちなど五、六十日がいいところだろう。

その上、お互いに大人になってからは更に少なくなる。三、四年に一回、あるいは五年ぶりということもあり、せっかく会えても夕食を共にするくらいになっている。

五十年のうち、五、六十日を一緒に過ごした仲。

そう思うと、なんだか拍子抜けする。従姉妹たちとの関係がそんなに薄いものではないと確信できるからだ。では、会った時間以外の何で、この濃いつながりを表わすことができるのか——。

そういえば、今回の大阪は初めて天王寺に宿泊した。これまで大阪に泊まる時は梅田界隈のホテルばかりだった。

天王寺駅で降りて、外へ出る。出るとすぐ、まさに見上げるような「あべのハルカス」が聳えている。

ホテルにチェックインしたあと、時間があったので界隈をのんびりと散歩した。歩き始めて数分で、例の匂いがした。

あ、ここ好きだ……、という匂いだ。

何が理由なのか分からないが、歩き出した途端、体にしっくりと馴染む町がある。まさにこの辺りがそうで、天候、気温、体調、時間帯……、その何もかもが場所のせいなのか、単なる偶然か、とにかくバチッと合うのだ。

となるともう、無条件にこの町の人が好きになる。この町から歓迎されているような気がしてくる。気分良く、天王寺から新世界、通天閣と歩き回る。歩きながら、ふと従姉妹たちのことを思い出した。

せっかく大阪にいるのだから連絡しようかと思う。

ただ、急に連絡しても迷惑だろうし、こちらも会いに行く時間はない。

そこまで考えて、ああ、なるほどと思う。

人とのつながりというのは、五十年のうちでどれくらい会ったかではなく、どれくらい会いたいと思ったか、なのだと。

大恩人・辻原登さん

寒くなると、温泉が恋しくなる。

年々、恋しくなる。

自室で仕事をしているので、いわゆるエアコン戦争（寒がり派vs暑がり派の）に巻き込まれることはない。基本的に自分で温度を決められる。ただ、この設定が難しい。

寒いので、やはり部屋は暖かくしたい。しかし暖かくすると、なぜか小説が書けない。頭がぼーっとして、ぼーっとした文章しか浮かんでこない。

ではどのあたりが適当かといえば、基本的にエアコンや床暖房は使わず、少し窓も開け、唯一足元に小さな電気ストーブを置く。もちろんこれだけだと寒いので、上半身はトレーナーにパーカーにダウンにどてらとコントの相撲取りみたいに着膨れする。

見た目には不格好で、宅配の人などにぎょっとされることはあるが、それでも頭はすっきりと冴《さ》える(たぶん)ので、ものを書くにはちょうどいい。

ただ、冬に暖房が足元の小さな電気ストーブだけだと、もれなく二匹の飼い猫も寄ってくる。基本的に空気を読まない猫たちなので、平気で僕の足の上に寝る。足でも組み替えようものなら、本気で迷惑そうな顔をする。

そうやって少し凍えながら一日を過ごし、区切りの良いところで仕事を終えると、どうしても温泉に入りたくなる。

ただ、ここが箱根や秋田の湯どころなら、ちょいと出かければ共同の浴場もあるのだろうが、さすがに都心ではそうそう湯煙は探せない。

近所に銭湯はあるのだが、まさに江戸っ子の風呂で足をつけるとビリビリと痛いほど熱いので、ゆっくりと浸かりたい日には適さない。

そこで最近は近郊の日帰り温泉へ行く。調べてみるとわりとあるもので、銭湯よりは割高だが、東京特有のとろりとした黒湯なのはもちろん、露天やサウナ施設なども充実していて、電車の場合は風呂上がりに冷えたビールなんかを飲むと、ちょっとした観光気分が味わえる。

先日、とある日帰り温泉の露天に浸かっていた時、小説の話をしている人たちがいた。わりと大人数のグループの一組で、会社の慰労会か何かで来ているらしく、風呂上がりには食事処《しょくじどころ》での宴会が準備されているようだった。

こういう場で小説の話など耳にすることは滅多にないので、興味がわいて聞き耳を立てていると、時代小説の流れから辻原登《つじはらのぼる》さんの『韃靼《だったん》の馬』の話が出た。日経新聞に連載されていた小説で、江戸時代、朝鮮貿易で栄えた対馬藩の話なのだが、口にした人はたいそう面白く読んだようで、まだ読んでいないというもう一人に興奮気味にその内容を説明している。

実はこの辻原登さん、僕の大恩人である。

理由はあとで書くとして、とにかくこういう場で、知り合いの作家かつ尊敬してやまない作家の話が出てくると、つい嬉しくなるというか、親しみがわいて、知り合いでもないのに会話に参加したくなる。

「辻原さんの作品は、もちろん『韃靼の馬』のような時代物も面白いですけど、視力を失いかけた噺家《はなしか》の世界を書いた『遊動亭円木《ゆうどうていえんぼく》』とか、戦前の日本で活躍したロシア人のプロ野球選手スタルヒンのことを書いた短篇とか、もっともっと読んでほしいものがあるんですよ」

などと、見ず知らずの人たちに口を挟むわけにはいかないが、彼らの話を聞きながら湯の中でうずうずしていた。

辻原登さんとの出会いは一九九六年の春なので、今からちょうど二十年前になる。

当時、僕は二十七歳、生まれて初めて書き上げた小説を『文學界』という雑誌の新人賞に応募し、なんと最終候補の五作に残っていた。

と書くと、たった数行のことだが、この数行に辿り着くまでがそうとう深くて暗くて長い。ただ、ここでは割愛させてもらう。

とにかく人生初の晴れ舞台。まさに祈りながら、新人賞選考会の結果を待ったが、残念ながらかかってきた電話は落選の知らせだった。

ただ、その翌月、選考会の経緯を掲載した雑誌が発売された。未だにはっきりと覚えているが、渋谷の書店に駆け込み、その場で選考委員の選評を読んだ。

この回は受賞作なしという結果だった。代わりに、受賞させるには至らないが一番得点の多かったという他の人の作品が掲載されていた。

選考委員五人の方々の選評をまさに目の中に入れるように読んだ。

厳しい意見が多かった。好感は持てるが、文學界新人賞にはふさわしくないというのが大方の意見だった。ただ、その中で一人だけ、この作品を評価してくれている方がいた。「この人は作家としてやっていけるはずだ」と書いてくれていたのだ。作家の卵に、この言葉の意味は大きい。

もしこの言葉がなければ、今の自分はないのではないかと思うことがよくある。もちろんこの言葉がなくても小説は書き続けただろうが、この言葉のおかげで自信を持って書き続けられたのは間違いがない。

この時、そう書いてくれたのが辻原登さんだ。そしてこの時、辻原さんが評価してくれたのが『Water』という作品だった。

幸い、一年後に『最後の息子』という作品で、僕はこの文學界新人賞を受賞した。

受賞した夜に呼ばれた祝賀会にはもちろん辻原さんもいらして、「おめでとう」と迎えてくれた。この時に初めてお会いした。一年間、彼の言葉をずっと胸に秘めていたのに、「ありがとうございます」としか言えなかった。

たった一言だが、この一言に辿り着くまではやはり深くて暗くて長かった。

そういえば、受賞した数ヶ月後だったか、辻原さんに初めて夕食をご馳走になった。

初めてというのは、このあともさまざまな機会で幾度となくご馳走してもらっているからだが、とにかく初めてご馳走になったのが、神奈川県秦野《はだの》にある鶴巻温泉の懐石料理店だった。

この時、温泉には入らなかったが、「そうかぁ、作家というのはこういう場所で食事をするのかぁ」と、宵闇の庭に並ぶかがり火を眺めていた記憶がある。

辻原登さんがいなければ、今自分が立っている場所は違っていたと思う。いや、もしどうにか同じ場所に立てていたとしても、間違いなくこれまでとは違った道を歩いてこなければならなかったはずだ。

二十年前、辻原登さんが評価してくれた落選作『Water』は、その後、雑誌に載り、現在では中学校の国語の教科書に掲載されている。

中華料理店の王さん

毎日でも大丈夫なのは何料理か？

もちろん和食なら朝昼晩でも大丈夫。しかしこれがフレンチ、イタリアンとなってくると、どちらも大好きとはいえ、毎日、いや、昼夜と続くと考えただけでちょっと気持ちが引いてしまう。奥深いフレンチやイタリアンに僕が無知なだけなのだが、やっぱりあのこってり感が先に立つ。

もちろん他の国の料理でも同様で、毎日はおろか昼夜連続でもちょっときつい。

ただ、一つだけ例外がある。

中華だ。

こちらは他の国の料理に比べて付き合いが長いというか、親近感があるというか、とにかく朝は粥《かゆ》、昼が点心、夜は酢豚定食でも、朝はちまきで、昼が炒飯《チャーハン》、夜は贅沢にフカヒレスープでもまったく問題がない、というか大歓迎である。

その上、この中華料理、本当に世界中のどんな場所に行ってもある。大都市は言わずもがな、たまに日本の旅行ガイドには載っていないような小さな町へ行っても、必ずと言っていいほど中華料理店だけは存在する。

たとえばヨーロッパにしばらく滞在していると、いつものように目の前に置かれたバゲットを手で千切るのがふと嫌になることがある。ああ、ごはんを食べたいんだなあと思うが、滞在している山間《やまあい》の村に日本食レストランなどあるわけがない。しかし幸い「ドラゴンなんとか」という中華料理店なら必ずあるので、まずは白いごはんを注文し、エビチリ、牛肉のオイスターソース炒《いた》めなどと一緒に口に運べば、「ああ、ごはん食べたあ」という気持ちになれる。

海外旅行中に限らず、中華料理は普段でもよく食べる。近所に一軒行きつけの店があり、とりあえず名前をドラゴン飯店とする。

このドラゴン飯店、いわゆるチェーン店でもなく、ご主人と奥さんでやっているような感じの店でもない。厨房《ちゅうぼう》には店長らしき大将が一人とそのお弟子さんのような方とで二人。ホールは五十代前半だろうか、明るい雰囲気の女性が一人で切り盛りしている。

店内はわりと広くて、カウンターに詰めれば五人ほど、テーブル席も四人掛けが四つか五つ、八人掛けの大きなテーブルも一つある。

この店に通い始めたのは、今からもう四、五年前になるだろうか、誰かと一緒に行くというよりも、一人でさっと夕食をとる際に利用している。

通い始めた理由としては、料理が絶品だから、ではなく、いつ行ってもわりと空《す》いていて、混んだチェーン店などのようにお隣と肩をぶつけ合ったり、相席で食べなくてもいいからだ。

もちろん料理がマズいわけではない。多少、本当に多少、しょっぱいかな？という感じはあるが、これも好みが分かれる程度で、町の中華料理店としては、まあ合格点だった。

自転車で向かい、ふらりと入る。

「いらっしゃいませ」とホールの女性、仮に王《ワン》さんとしておこう、が迎えてくれる。

なぜ王さんかというと、この女性、中国の方で、まだ日本語に少しなまりがある。

テレビがよく見えるいつもの席に着くと、王さんが水を運んでくれる。

「回鍋肉《ホイコーロー》定食」

「はい、回鍋肉ね。半ラーメンつける？」

「いらないです」

ここの回鍋肉はタレが濃いめで、ごはんは大盛り、ついでにパリッとした餃子が二コついている。

ある夏の日、汗が止まらず、メニューで顔を扇いでいると、「暑い？」と声をかけてきた王さんが、どこからかうちわを持ってきてくれた。言葉はちょっときついのだが、その笑顔はなんともいえず優しい。

冬、入口近くの席に座っていると、「ここ、寒いね」と一声かけてくれ、ちょっと間をあけて食べに行くと、「久しぶりね」と迎えてくれる。ちなみに、僕だけに優しいのではなく、来る客みんなに、それが初めての人だろうと、常連だろうと、王さんは必ず何か一言声をかけているようだった。

そういえば、この王さんのことが俄然気になり始めたエピソードがある。ある時、いつものように一人で回鍋肉定食を食べていると、ロードバイクのヘルメットを持った白人男性が入ってきた。この男性、日本語が不得意だったのだが、なんと王さんが、なんとも流暢な英語で注文を訊き、注文どころかまるでネイティブのような発音で世間話まで始めたのだ。もちろん偏見があったわけではないが、思わずその様子に目を丸めてしまった。

実はこの男性との英語のやりとりで知ったことなのだが、王さんがこの店で働き始めた時期と、僕がこの店に通い始めた時期がほぼ同じだった。ついでに言うと、このロードバイクの男性も、同じ頃に日本に来ていたらしい。

このドラゴン飯店、来る客はほとんど僕と同じような男性一人客だった。むすっとして店に来て、むすっと注文して、料理が届けば、ガツガツ食って、さっさと帰る。そこに店員さんとの会話など望んでもいない。

たまに会社帰りのグループ客などがいても、せっかくビールや紹興酒も揃《そろ》えているのに、彼らが注文するのはやはり定食で、仕事の話をしながらさっさと食べて、さっさと割り勘にして店を出ていく。

でも、王さんはそこに何かしら一言、言葉を差し込む。そして客が店を出る時には、少し丁寧すぎるほど、「またお越し下さいませ」と、少したどたどしい日本語で必ず送り出すのだ。

「またお越し下さいませ」

別に珍しくもない言葉である。コンビニでも、ファミレスでも、焼き鳥屋でも、どこかの店に入れば、ほとんどの店員がそう言って送り出してくれる。

ただ、王さんの「またお越し下さいませ」は、おそらく本気だったのだと思う。

本気で、またお越し下さいませ、と言っているのが、僕ら客の胸にすっと刺さるのだ。

通い始めた頃は、いつ行っても好きな席に座れた。それが一、二年すると、夕食時など満席に近いことが多くなっていた。来る客のタイプもいつの間にか変化しており、もちろん僕のような一人客も多いのだが、彼らは定食だけでなく、「お母さん、まずビール」と王さんに酒を頼むようになっており、会社帰りのグループ客など、「お母さん！　お母さん！」と、ビールだのホッピーだの、今ではまるで居酒屋代わりに使うようになっている。その中を王さんはあっちのテーブル、こっちのテーブルと飛び回り、「残業、大変ね」とか、「今日は社長のおごり？」などとみんなに声をかけて回る。

気がつけば、一人で来ている女性客も多くなっており、「ごはん、半分にする？」などと王さんは彼女たちのことも気遣う。

誰もが王さんの「またお越し下さいませ」が嬉しくて、通っている人たちなのだと思う。都心の小さな中華料理店でのたった一言に、ある時はポンと背中を押され、ある時は肩を優しく抱いてもらった人たちなのだ。

満開の桜の樹の下・ＮＹ編

海外には出かけず、できれば日本で過ごしたい時期が年に三度ある。

まず一つ目がゴールデンウィーク。まとまった休みなので、つい海外への長期旅行に行きたくなるが、五月晴れとも呼ばれるように、この時期の日本ほど清々《すがすが》しく、機嫌の良い国はない。

ちなみに「五月晴れ」というのは、元来、梅雨の晴れ間を表わす言葉なのだが、最近ではこの機嫌の良い五月の天気にも使われるようになったそうだ。

二つ目は、正月だ。こちらも長期休暇でつい海外に出かけたくなるが、あの寒空に、ゴーンと除夜の鐘が響く荘厳な年明けは、世界中どこへ行っても体験できない。

海外では、どちらかと言えば、年明けはお祭り騒ぎの賑やかさになる。たとえばパリではシャンゼリゼ通りが歩行者天国になり、花火と共に市民はシャンパンで乾杯するし、やはり台北でも101《いちまるいち》ビルから中華圏の面目躍如とばかりに、凄まじい花火が打ち上げられる。

賑やかな年明けも、それはそれで勢いがあっていいのだが、やはり正月くらいは日本文化の面目躍如、「しめやかに」新しい年を迎えたい。

そして三つ目となるのが、三月終わりから四月にかけての、そう、桜の季節だ。

この時期ばかりは、日本を離れるのが惜しくて仕方ない。たとえば、羽田や成田空港へ向かう途中、モノレールから見事な桜並木を見下ろしたり、高速沿いにぽつんと立つ満開の桜を見つけたりすると、どうしてこんな時に日本を離れなくてはならないのだろうかと、まるでぽつんと立つ満開の桜が、別れを惜しむ最愛の人のようにさえ見えてくる。

ゴールデンウィークや正月と同じで、桜の開花だって一年後には季節が巡って戻ってくるのだが、なぜか桜だけは今年見ておかなければ次はないような、そんな焦燥感にさいなまれるのはなぜだろうか。

と書いているのも、実は今年、運悪くこの桜の季節にニューヨークへの旅行が重なってしまったのだ。

　実際、成田空港へ向かう高速道路を運転しながら、七分咲きの桜の花が目に飛び込んでくるたびに、ああ、この旅行さえなかったら、今頃どこかで花見ができていたものを、と多少うらめしく思っていた。

　もちろんニューヨーク旅行も楽しみで仕方がないわけで、なんとも贅沢なうらめしさではある。

　ということで、今年の桜の時季、六年ぶりにニューヨークを訪れた。

　ちなみに今回のニューヨーク旅行は、ある雑誌の取材のためで、渡辺謙さんの『王様と私』を観劇するのが第一の目的だったのだが、こちらの観劇の様子はお待ちいただくとして、代わりにまずお伝えしたいのが、桜の開花に後ろ髪を引かれるような思いでやってきたニューヨークで、なんと幸いにも満開の桜が待っていてくれたことである。

　Ｊ・Ｆ・ケネディ空港からタクシーでマンハッタンへ向かう。

　ニューヨークというのは不思議な街で、カメラのレンズをどこへ向けても、そこは完璧なニューヨークになる。

　たとえば、タクシーの料金メーター、高速の路肩に溜《た》まったゴミ、錆《さ》びた金網、立ち入り禁止の黄色いテープ、レンガ造りのアパート、さびれた中華料理店、年代物のキャデラック、そして満開の桜……。

え？

思わず声が洩《も》れた。

だが、改めて目を向けても、そこにはニューヨークっぽい曇天の空の下、満開の桜の木が薄ぼんやりとした白さで立っている。

桜というのは、てっきり日本の景色にだけ合うものだと思っていたが、それこそ、若きロバート・デ・ニーロ扮するタクシードライバーがジャンパーのポケットに両手を突っ込んで、俯きがちに歩いているような街並にも、ちゃんと似合うのだ。

そんなクイーンズの住宅街を抜けたタクシーは、長く、渋滞したトンネルを抜けてマンハッタン島へと入っていく。

特に橋を渡ってマンハッタン島に入る際、誰にでもテーマ曲のようなものがあってそれが脳内で流れるという話を聞いたことがあるが、僕の場合、毎回それは決まってスティングの「イングリッシュマン・イン・ニューヨーク」という曲で、なぜか二十数年前、とつぜんの大雪に覆われた東京は井ノ頭通りをスリップしながら車を走らせた遠い記憶と共に、マンハッタンへと入っていく。

桜はマンハッタンの中にもあちらこちらに咲いていた。

それも日本が七分咲きだったのに対し、こちらは見ているだけでぼんやりしてしまいそうなほどの大満開。

四月とはいえ、肌寒いニューヨークは日本でいうところの花冷えで、寒風に桜吹雪が舞う下を、厚いコートの襟を合わせたニューヨーカーたちが忙《せわ》しない足取りで歩いていく。

ただ、残念ながら、唯一日本と違うところがあって、この季節、日本では誰もが顔を上げて桜の花を眺めながら歩いているのだが、ニューヨーカーにはあまり人気がないのか、これほどの満開なのに、写真を撮ろうとする者はおろか、立ち止まって見上げる者さえいないのだ。

こちらとしては、日本の桜を諦めてやってきた旅先で、思いもかけぬ満開の桜だったせいもあり、無関心に道行く人を捕まえて、「桜、満開ですよ！　ほら、桜！」と、誰彼となく声をかけたいのだが、考えてみれば、たとえば近所の公園で、桜以外の花が年に一度咲いたからと言って、これまで足を止めたことがあっただろうかと思えば、ニューヨーカーたちの無関心を責めることもできない。

今回、宿泊したのがグランドセントラル駅近くのホテルだったので、予定のない午前中は、公共図書館横のブライアント公園で時間を過ごした。駅でコーヒーを買い、公園の美しい芝生を眺めながら時間を潰す。

高層ビルに囲まれた芝生の公園というのは、東京の日比谷公園もそうだが、とても不思議な音がする。

風に揺れる葉の音、時には花に集まる蜂の羽音まで聞こえるのに、そこにはやはりニューヨークや東京という大都会の心臓音のような騒音もある。バスのエンジン音、クラクション、どこかで鳴るサイレン、そして小さな紙袋を高く巻き上げる風の音。

そしてニューヨークの公園にも、やはりいろんな人が集まってくる。

幼い女の子にお弁当を食べさせている日本人の若い母親の箸の使い方が、とても美しい。まだ少年のように頬の赤いビジネスマンは、どこか不機嫌そうにサンドイッチを齧っている。その横では上品そうな白髪のおばあさんが熱心に編み物をしている。育成中の芝生に入ろうとして、何度も父親に抱きかかえられて阻止されている男の子たちがいる。男の子たちも賢くて、二人同時に行ったり、時間差で入ろうとして父親を慌てさせる。そんな様子を屈強そうな警官がコーヒー片手に二人のんびりと眺めている。そこに観光客らしい母子が近づいて、一緒に写真を撮ってくれと頼んでいる。警官の間に立った女の子がとても嬉しそうに微笑《ほほえ》んでいる。

そしてその誰もが、雲間から日が差すと一斉に空を見上げる。まだ寒いニューヨークの太陽を、まるで満開の桜のように。

遠くて近いブラジル

実はこの原稿を書いているのはまだ八月半ばで、現在リオ・オリンピックの真っ最中だったりする。

つい先ほどもテレビで女子マラソンを観戦していた。

残念ながら日本勢はメダルには届かなかったが、福士加代子《ふくしかよこ》選手十四位、田中智美選手十九位、伊藤舞《まい》選手四十六位と、見事完走を果たした。

なかでも十二キロ辺りで、先頭グループから離されていた福士選手がとつぜんペースを上げ、集団に追いついた時には鳥肌が立った。

人が走る姿というのは、それだけで絵になる。絵になるだけでなく、それだけで多くのことを語ってくれる。

必死に走っている選手には、自分の前を走る選手の顔が見えない。抜き去らなければ、振り返って見ることができない。抜いて初めて、相手も自分以上に必死に走っていたのだと気づく。

マラソンという競技は、選手たちの力走を観戦するのはもちろんだが、その土地土地の美しい街並や景色を眺められるという楽しみもある。

最近では主催者側もその点を熟慮し、街の観光スポットを巡るようなコースを作ってくれるからありがたい。

ちなみにリオのコースも美しかった。海岸線沿いの周回コースからは、背後のシュガーローフ・マウンテンも見えた。

このブラジルという国、一度行ってみたいと前々から思っているのだが、未だに実現していない。

地球の裏側なので、とにかく「遠い」というイメージが先行してしまうせいもあるのだが、それでもいつか行ってみたい。

理由は二つあって、まず一つが、尊敬する森山大道《だいどう》さんが数年前にサンパウロで撮影された写真が素晴らしかったこと。もちろん、森山大道さんが撮れば、どの都市もその皮を剝がされたような美しい被写体になるのは当然なのだが、なかでもサンパウロの写真はそこにいる人たちの息遣いまで聞こえてくるようだった。

そして、もう一つの理由が、二十年近くも前のことになるのだが、サンフランシスコのゲストハウスのようなところで、二週間ほどブラジル人と過ごした思い出があるからだ。

きっかけは高校時代の友人カップルの結婚式だった。新郎新婦ともに高校の同級生で、サンフランシスコの教会で式を挙げるという。ちょうど夏休み時期でもあったので、仲の良い友達四人で参加することにした。

無事結婚式も終わり、それぞれ戻ったのだが、なぜかその中にフリーターというか、風来坊というか、特に急いで帰国する必要のない人間が、僕ともう一人いて、「だったら、せっかくだし、もう少し残ろうか」という計画になった。

レンタカーでモントレーへ向かい、17マイルドライブと呼ばれる海沿いの道をカーメルのビーチまでドライブした。

その帰りの夜道、ぽつんと建っていたドライブインの駐車場から見上げた満月が、どんなに美しかったか。今、思い出してもため息が出る。

そうこうするうちに、その友達が当時暮らしていたロンドンに先に戻った。「せっかくだから」の続きで、僕だけもう少し残ることにしたのだが、さすがにホテルだと金がかかるので、安いゲストハウスを探した。

幸い、わりと良い場所に手頃な施設が見つかった。

造りとしては学校の寮のような施設で、一部屋を二人か三人で使う。運良く、あてがわれた部屋には先客が一人しかおらず、わりと広い部屋に三つ並んだベッドの端と端とで、息が詰まるということもなかった。

そういえば、この同室になった男性は、当時三十代後半だったろうか。ちゃんとした企業の会社員だったが、この施設が気に入ってもう七、八年も暮らしていると言っていた。とても大人しい人で、こちらも英語が得意ではないので、ほとんど会話をせずに過ごした。初日だけは一応気を遣って、こちらからいろいろと話しかけたりしたのだが、返事は簡潔。二日目には会話も減った。

たぶん、それがお互いに一番楽な過ごし方だと、長い経験で知っていたのだと思う。

そしてこのゲストハウスにいたのが、ブラジル人の語学留学生の人たちだった。総勢七、八人いたと思うのだが、食堂でもホールでも玄関先でもとにかく賑やかで目立っていた。

なかでも仲良くなったのが、日系ブラジル人の女の子と、まだ十代だった男の子の二人だ。たしか地下のコインランドリーで知り合ったと思う。

どうしてあんなに仲良くなったのか、はっきりと覚えていないのだが、とにかく波長が合うというか、一緒にいて楽しくて仕方なかった。

語学留学に来ているくらいだから二人の英語もそれほど上手くない。下手な英語のコミュニケーションだけで、なんであんなにいつも笑っていたのか。

三人でいろんなところに出かけた。

ワシントンスクエア、チャイナタウン、ジャパンタウン、フィッシャーマンズワーフ、ノースビーチ、たまにケーブルカーに乗ったりしたが、とにかくサンフランシスコの急な坂道を上ったり下りたり、くたくたになるまで歩き回っていた。

なかでもロンバードストリートという観光名所に行った夜のことを鮮明に覚えている。そこは、サンフランシスコの「いろは坂」とでも呼べばいいのか、急な傾斜に花壇があり、その中をくねくねと蛇行した道が延びている。

坂の上に辿り着いて、これから下りていく道を三人で眺めていた。

なんとなく、将来の話になった。

僕は二人に、小説家を目指していることをすでに告げていたし、二人の夢も聞いていた。

日系ブラジル人の女の子は独立して旅行代理店をやりたいと言っていた。まだ十代だった男の子はバレエダンサーの夢は破れたが、一流のダンサーになると言っていた。

ロンバードストリートの坂の上、なぜか改めてその話をした。記憶は曖昧だが、たしかその翌日に僕は東京へ戻る予定だった。

改めて将来のことを話したからといって、以前に話したこと以上でも以下でもなかった。お互いに、とても短い言葉で、こうなりたいと言い合っただけだ。

この時、下るつもりで来た目の前の坂を、なぜか下らなかった。と書くと、縁起でも担いだようだが、実際には単にまた上ってくるのが面倒だったからだと思う。

あれから二十年が経つ。

東京に戻ってからも、彼らと数回文通した記憶はあるが、残念ながらもう名前も覚えていない。彼らもすでに四十代と三十代後半になっているはずだ。

さっき女子マラソンを観戦しながら、ふと気づくと、沿道に彼らの姿を探していた。

あの時のように、いつも笑っている二人の顔がそこにあるようだった。

文庫版あとがき

「まさか」という言葉の語源を調べて、妙に腑に落ちた。

ちなみに「まさか」とは、一説に、「まさき（目前）」から転じたもので、本来は名詞として使われており、「目の前のこと」、要するに「現前」とか「現在」を意味する言葉だったそうである。

この原稿を書いているのは、二〇二〇年の暮れなのだが、考えてみれば、今年ほど「まさか」という言葉を口にした年もないのではないだろうか。

まさか東京オリンピックが延期になるなんて。

まさか緊急事態宣言が出されるなんて。

まさか自由に遊びに行けない日が来るなんて。

ただ、この「まさか」の語源が「まさき（目前）」であったことを思えば、少し見え方も違ってくる。

要するに「まさかの状況」というのは「目の前にある現実」のことである。逆に言えば、私たちは日々「まさか」にぶつかりながら過ごしていることになる。

予知能力でもない限り、私たちは一分一秒先のことでさえ予測できない。この先に何があるのか分からないまま、いつも足を前へ踏み出しているわけだ。イメージしてみると、とても恐ろしい行為である。一歩先が断崖絶壁かもしれないのに、私たちは躊躇なく足を前に出す。

ただ、それが生きるということである。

だからこそ、私たちはそれでも足を前に出すのである。


ＡＮＡの機内誌「翼の王国」で連載しているエッセイをまとめた『泣きたくなるような青空』『最後に手にしたいもの』の二冊を、続けて文庫にしていただけることになった。

この連載エッセイ集も『あの空の下で』『空の冒険』『作家と一日』と続いて、すでに五冊目に突入している。

文庫化にあたり、久しぶりに読み返してみたのだが、改めて、「国内外含め、いろんな場所を訪れたなぁ」と感慨深い。

基本的に旅情をテーマとしたエッセイであるから、旅先のスケッチが多い。台北や博多の屋台で舌鼓を打ち、沖縄やスイスの真っ青な空に目を奪われ、恩人たちのことを語って感謝し、そしてまた新しい場所へ旅立っていく。

そこには人や場所との出会いがあり、人や場所の匂いがあり、人や場所の声が聞こえ、人や場所の手触りがある。

そして今回、なによりも驚かされたのが、そうやって日々の旅を続ける自分自身が、この旅が続くことに、なんの疑いも持っていないことであった。

今回、改めて一編一編のエッセイを読み返しながら、台北や博多の屋台にいる自分や、沖縄やスイスの青空の下に立つ自分に、こう言ってやりたい気持ちにあふれる。

「お前は奇跡の中にいるんだぞ」と。

お前は日々、奇跡の上に立っているんだぞ。だからこそ、こんなに空は青く、風は清らかなんだぞ、と。

一年前にこんなセリフを吐けば、さすがに自分でもクサいと思ったかもしれない。ただ、コロナ禍を経験した私たちは、もうこの奇跡を知っている。いや、だからこそ、私たちはそれでもまた足を前に出すのだ。

奇跡といえば、読者の皆さんとの出会いについても書かずにはいられない。

あの青く高い空の上、皆さんは退屈しのぎに座席のポケットから機内誌を抜き取る。窓の外には美しい雲が浮かんでいる。手元のカップからは香ばしいコーヒーの香りが立つ。

皆さんが私のエッセイを読んでくれる。

あのどこまでも広い空の上で。その膝の上に雑誌を広げて。

こんな出会いの奇跡があるだろうか。

吉田　修一

集英社文庫

泣《な》きたくなるような青空《あおぞら》

2021年1月25日　第1刷　　定価はカバーに表示してあります。

著　者　吉田修一《よしだしゅういち》

発行者　徳永　真

発行所　株式会社 集英社
東京都千代田区一ツ橋2-5-10　〒101-8050
電話　【編集部】03-3230-6095
【読者係】03-3230-6080
【販売部】03-3230-6393（書店専用）

印　刷　大日本印刷株式会社

製　本　大日本印刷株式会社

フォーマットデザイン　アリヤマデザインストア　　マークデザイン　居山浩二

ISBN978-4-08-744203-8 C0195